KB014372

도마 위의
수평선

도마 위의 수평선

초판인쇄   2015년 9월 18일
초판발행   2015년 9월 25일

지은이   김성춘 강봉덕 권기만 권영해 권주열 김익경 이원복 정창준
펴낸이   김진수
펴낸곳   사문난적

출판등록   2008년 2월 29일 제313-2008-00041호
주소   서울시 강서구 염창동 268번지
전화   02-324-5342
팩스   02-324-5388

ISBN   978-89-94122-44-1

"이 책은 울산광역시와 한국문화예술위원회의 문화예술육성지원사업 보조금으로 발간되었습니다."

〈수요시 포럼〉 동인 제12집

도마 위의
수평선

사문난적

차례

·
허
만
하
·

1957년 《문학예술》 등단. 시집 《해조》, 《비는 수직으로 서서 죽는다》, 《물은 목마름 쪽으로 흐른다》, 《야생의 꽃》, 《바다의 성분》, 《시의 계절은 겨울이다》, 《허만하 시선》. 시론집 《시의 근원을 찾아서》. 이산문학상, 목월문학상, 대한민국예술원상.

존재로서의 시

시적 언어를 무용에, 일상 언어를 보행에 비유한 발레리는 자신의 생애가 언어를 중심으로 한 사색이었다고 아들에게 말했다. 체계가 없는 단장적인 그의 언어론의 특징은 두 가지로 나눌 수 있을 것 같다. 그 첫째는 언어에 기대하는 유난히 엄격한 정확성이다. 그는 우선 일상 언어의 애매함과 부정확함에 대하여 비판한다. 이 비판은 인식의 도구로서의 언어를 위해서는 엄격한 기호적 언어, 이상언어의 발명이 요청된다는 그의 소망에 이어진다. 발레리는 고찰되는 대상 사이의 관계가 완전히 명확하게 표현되는 기술 시스템이 필요하다고 생각하고 그것을 〈표기법 시스템〉이라 이름 짓기까지 했다. 이러한 그의 꿈은 라이프나쓰의 보편문법에까지 거슬러 오른다. 모리스 블랑쇼 Maurice Blanchot, 1907-2003가 발레리를 두고 "그의 언어만치 엄격한 것은 없고, 그의 부정否定만치 절대적인 것은 없다"
〈발레리와 파우스트〉고 말한 것은 이런 국면을 지적한 한 것이다.

두 번째 특징은 언어를 대화구조에서 파악하는 자세다. 독백
은 당연히 부정된다. 그는 혼자서 하는 사색 과정도 사실은 자
기 자신에게 말하는 일이라 주장한다. 이런 국면에서는, 그의
언어 사상은 바흐친의 그것과 닮아 있다. 바흐친에 의하면 언
어는 오직 언어와 접촉한다는 것이다. 내면에서 모습을 갖추어
명확해지려는 언어 이전의 것이 외적 기호의 도움을 빌려 외부
에 객관화된다는 〈표현이론〉을 그는 단호하게 배척한다.

발레리는 '누구가 누구에게 무엇에 대하여 말한다' 라는 틀
이 언어의 기본구조라 말한다. 언어는 사회를 전제로 한다는
것이다. "언어는 한 〈사회〉에서 분리 불가능한 것이다 "(《카이
에》, I. p 484.) 사색은 혼잣말인 것처럼 생각되나, 사실은 자기
자신과 코뮤니케이트 하는 일이기 때문에, 참된 대화처럼, 거
기에는 물음, 응답, 예상, 뜻밖의 개입 같은 요소가 포함된다.
프랑스어로 대화는 원래 사이entre를 잡는다tenir는 뜻이다. 발
레리가 그의 언어론에서 특별히 〈사이에〉를 주목한 일은 따로
있는 것 같지 않다. 따라서 언어의 사회성에 집착하여 언어의
본질에 대화적 성질을 찾아 낸 것이 아닌가 생각된다. 그의 스

승 말라르메의 사상과 예리하게 대립되는 입장이 눈에 띈다.

그러나, 이런 발레리의 언어론에 반대되는 언어원리를 펼친 철학자로 비트겐슈타인이 있다. 그는 〈사적 언어private language〉를 말했었다. 사적 언어라는 관념은 비트겐슈타인의 《철학적 탐구》의 243절의 후반에서 만나 볼 수 있다

> 그러나, 어떤 사람이 자기의 내적인 체험들 자기의 느낌, 기분 등을 자신만의 사용을 위해 기입 또는 발화할 수 있을까? 대체 우리가 그런 일을 우리의 일상적인 언어에서는 할 수 없는가? 그러나 내 뜻은 그게 아니다. 이 언어의 낱말들은 오직 말하는 사람만이 알 수 있는 것과 관련되어 있어야 한다. 즉 자기의 직접적인, 사적인 감각들과, 따라서 다른 사람들은 이 언어를 이해할 수 없다.
>
> ─ 이영철 옮김,《철학적 탐구》, 책세상, 2006 에서

일반적으로 사적 언어는 지금 인용한 부분의 "타인에게는 이해되지 않고, 나만이 이해할 수 있는 언어" 라는 표현으로 특징지어 진다. 사적 언어를 정의한 비트겐슈타인은 언어가 가지는 가장 원초적인 장면인 인간의 내면(관념, 파토스, 아픔 등)의

직접적 표현이라는 생각을 비판한다. 그것은 사적 언어의 비판이라는 형식을 취하고 있다. 《철학적 탐구》의 246절이 그것이다.

그런데 어떤 점에서 나의 감각은 사적인가? 자, 오직, 나만이 내가 실제로 고통스러운지 여부를 알수 있다. 다른 사람은 그것을 단지 추측 할 수 있을 뿐이다. 이 말은 한편으로는 거짓이요, 한편으로는 무의미하다.

우리들의 어떤 신념도 우리들의 경험에 의존하고 경험에서 주어지는 내용을 넘어설 수 없다고 생각한다면, 사적 언어가 우리들 인간의 언어가 된다. 비트겐슈타인의 사적 언어는 인간언어의 본성에 관계되는 주제로 현재까지 , 찬반 양론, 많은 논의의 테마가 되어 있다. 블랑쇼의 언어론이 그 표현은 달리하고 있지만, 이 사적 언어라는 언어의 아포리아를 깨닫는 데서 출발하고 있는 것을 나는 다른 시론에서 지적한바 있다(〈블랑쇼의 언어론과 시의 장소〉, 《예술가》, 2015년 봄호). 시와 사적 언어와의 관계에 대한 논고는 있음직한 과제다.

이와는 전혀 다른 기원에서 제기되는 후설의 《논리학 연구》

제1연구 "자기가 말하는 것을 듣는다"는 〈고독한 내언內言-혼의 고독한 생활에 있어서의 전-언어적인 혼잣말〉을 잊을 수 없다. 이 개념에는 의미의 〈이데아적 동일성〉을 확보하기 위하여 목소리의 특권화를 노리는 후설의 계획이 있다는 데리다의 비판에 노출되어 있다(《목소리와 현상》). 이 개념에 대해서는, 독립된 별도의 논의가 예상되어, 이번 논의에서는 일단 접어두기로 한다.

나는 발레리가 거부하는 이런 사적 언어개념이 시의 모티브가 될 수 있다는 발상아래, 〈우산을 들고 있는 사나이〉(《현대문학》, 2015년 1월호)의 도입부에서 그것을 활용한 적이 있다. "인류가 지상에서 절멸하는 그때, 최후의 한 사람이 눈 감으며 눈물처럼 흘리는 말"이 그것이다. 그 때의 그의 말이 자신과의 〈대화〉에 속하는지, 〈사적 언어〉에 속하는지 가릴 필요도 없이, 인류 최후의 날이라는 시적 분위기에 떠밀리는 채, 그 자리에 그렇게 썼었다. 발레리에 대한 엷은 항의가 묻어 있는 것이었다.

사람 귀에 도달하지 못하고 떠돌아 다니는 말이 구겨진 신문지처럼 비에 젖고 있다.

달이 보이지 않는 뒷면에 숨기는 비밀 못지 않게, 말의 그늘을 사랑하는 사나이가 세차게 내리는 겨울비에 젖는 땅바닥 바라보며 도시의 변경 어디쯤 가로수 그늘이 되어 서 있다.

한 해의 소임을 다한 가을 잎사귀처럼 입술에서 떨어지는 말. 인류가 지상에서 절멸하는 그 때, 최후의 한 사람이 눈감으며 눈물처럼 흘리는 말.

— 〈우산을 들고 있는 사나이〉 첫부분

철학이 철학의 철학인 것처럼, 시는 시의 시일 수 있다. 미국의 월레스 스티븐스Wallace Stevens (1879-1955)는 시 쓰기 과정 자체에 대한 시를 쓰고 있다. 그는 언어에 의한 인식 그 자체를 시의 주제로 삼은 작품을 남긴 철학적인 시인이었다.

시학에 있어서 문학적인 언어는 이종異種의 코드를 가동시키는 언어로서 전달의 관점에서 잡힌 언어의 주변에 자리 잡게 하는지, 또는 정수定數가 아닌 변수를 본질로 하는 관점에서, 문학 언어를 변수를 압축 실현하여, 변이를 해방하는 언어로 다룰 것인가 하는 양자택일의 선택 앞에 블랑쇼 역시 서게 되었다. 〈표현〉이냐, 〈전달〉이냐 하는 본질적이고도 전통적인 물음을 피할 수 없게 된 것이다. 《타르브의 꽃》의 저자인 평론가 장 폴랑Jean Paulhan(1884-1968)은 이 문제를 두고 많은 시인 작가들 가운데서 한 그룹의 작가들을 들추어내어 자신의 견해를 밝혔다, 이 그룹은 독창적인 감정과 인물을 그려내기 위해서는 상투적인 언어를 벗어난, 지금까지와 다른 언어표현을 만들어내지 않으면 안되었던 작가들, 주제보다도 오히려 표현의 독자성을 탐구한 작가들이라 지적하며, 랭보, 아폴리네르, 제임스 조이스 등의 이름을 들었다. 이 무렵 블랑쇼가 처해 있었던 문학환경으로 《추이Transition》 동인의 "작가는 표현exprimer하지 전달communiquer하는 것이 아니다"라는 선언이 있었다. 〈표현〉과 〈전달〉의 갈등은 개인으로나 시문화 일반으로서나, 시가 있는 한 벗어날 길 없는 중요한 숙제로 살아 있다. 그 무렵 프랑스도 예외가 아니었다. 문학이 자기의 활동자체에 대한 철저한 물음이 되었을 때 그 문학은 힘들지만 바른 길 위에 서는 것이다. 블랑쇼는 이런 예리한 문제에 대해서 자신의 독자적인 사상을 펼쳤다. 〈블랑쇼의 언어론과 시의 장소〉(《예술가》, 2015년 봄호)를 썼던 나는 그때 이 문제를 다루지 못했었다. 울산 수요시포럼의 청탁으로 쓰게 되는 이번 시론으로 그 결손을 보완한다. 그의 제2 문학평론집 《헛발Faux pas》(1943)에서 그는 다음과 같이 말한다.

그러나, 다른 쪽에 대하여 (…) 언어의 참된 역할이란 표현하는exprimer 일이 아니라 전달communiquer하는 일, 번역하는 일이 아니라, **존재하는 일**이며(…), 언어는 고유한 힘을 가지고 있는 것이며, 작가의 사명은 바로 그것을 발견하여 회복시키는 일이다. (강조 - 필자)

시적 언어 자체가 원래 〈전달〉과 무관한 성질을 가진다는 견해는 오래 전에 라이사 마리탱Raissa Maritain(1888-1960)에 의하여 발표된 적이 있다. 러시아 태생의 이 여류 연구자의 사상은 프랑스에서도 신학적 터치를 가진 채 아름답게 변방에 숨어 있었던 것 같다.

언어가 기호로서 당연히 남는 것은, 관념을 전달하기 위한 것이 아니라, 직관력과 우주와의 접촉을 지키기 위한 것이다 (《시에 있어서의 의미와 무의미》, 1838).

이런 탐색보다 나는 먼저 벤야민을 말해야 할 것 같다. 〈순수 언어〉를 말했던 그는, 언어는 그 전달 가능성으로 의미를 가지는 것이 아니라고 주장했었다(《번역의 사명》).

블랑쇼는 〈표현〉과 〈전달〉의 양자택일 앞에서 이 쌍방을 함께 부정하고 제3항으로서의 〈존재〉를 말했다. 나는 블랑쇼가 말하는 이 사상을 만났을 때 문득 대구에서 《시와 비평》(1956년)을 창간하던 무렵의 내가 떠올랐다. 이 무렵의 언젠가 나는 한 해전에 인사를 드렸던 김종길 시인이 대구의 한 일간지《영남일보》문화면에 연재하던 시론에서

"시는 의미하는 것이 아니라 있는 것이다"(〈시법〉)
A poem should not mean but be.

라고 말한 애란 출신 영국 시인 루이스 맥니이스Louis MacNeice (1907-63)의 시 구절과 이에 관련되는 시적 논의를 읽고 놀랐던 것이다. "시는 메시지 헌팅이 아닌 것이다"라는 해설을 깃들인 〈있는 것〉이라는 어려운 개념이 그렇게 신선할 수 없었다. 나는 그 무렵 오든과 스펜더에 빨려 들어 있었다. 그 후 대구에서 읽었던 그 시론이 서울에서 탐구신서8의 《시론》(1965)으로 출간되어, 저자의 서명이 든 책으로 받아 읽게 되어, 시를 중심으로 한 대구 시절의 내 생활이 허황하다기보다 탄탄할 수 있었다면 김종길 시인의 무거우면서도 신선한 학덕 때문이었다는 생각이 어스름이 깔리는 대구 거리를 배경으로 떠오르는 것이다. 1958년 가을 김종길 시인은 고대 영문과 교수로 부임하기 15

위하여 대구를 떠났고 나는 혼자 썰렁한 대구에 시를 향한 정열과 함께 남게 되었었다. 나는 1957년이 끝날 무렵,《문학예술》마지막 3회 추천을 마치고 있었다. 이한직 시인은 추천사에서 김종길 시인의 영향을 되풀이 말했었다.

블랑쇼는 말라르메의 이름을 들고 몇 언어에 사건으로서의 가치를 회복시킨 공적을 인정하며 작가의 손을 떠나 존재하기 시작하는 언어의 자율성이야 말로 문제가 될 수 있다고 말한 것이다. 젊었을 때 의아스럽게 생각했던 "시는 있는 것이다"라는 개념에 대한 이해가 블랑쇼의 이 대목을 읽고 만년의 클레 그림처럼 그 윤곽이 분명해지는 것을 느낀다.

《헛발》에서 우리는 케르케고르, 바타이유, 랭보, 말리르메 안에서 전달의 문제를 집요하게 찾아내려는 블랑쇼 사색의 견고한 발자국을 만나 볼 수 있다. 지금 이름을 든 시인, 사색가들이 말하는 전달은 전달 불가능성 위에 구축된 개념이란 암시가 그의 탐색에 들어 있는 듯하다. 블랑쇼는 케르케고르를 논하면서 다음과 같이 말한다.

말해질 수 없는 것이 숨겨져야 할 것의 표식으로 나타날 때, 비로소 'communication'이 있다. 개시開示의 모든 것은 무엇인가의 불가능성 안에 있다.

초기의 블랑쇼의 시 읽기에 떠올랐던 시의 '존재'에 관련되는 그의 사색이 철학적 깊이를 더하는 것을 그의 다음 평론집 《불의 몫》(1949)에서 찾아볼 수 있다. 그가 접했던 철학적 사색의 원천은 횔덜린의 시와 하이데거의 언어철학과 헤겔이란 추정이 분명해진다.

나는 이 여성이라 말한다. 횔덜린이랑 말라르메, 그리고 시가 시의 본질을 테마로 하는 모든 사람은 이름 짓는 행위 안에, 사람들을 불안하게 할 정도의 놀라움을 보고 있었다. 언어는 그것이 의미하는 바를 나에게 주지만, 우선 그것을 지우고 만다. 내가 이 여성이라 말할 수 있기 위해서는, 나는 다른 방식으로 그 여인부터 싱싱하게 살아 있는 실재성을 빼앗고, 그녀를 부재로 무화시키지 않으면 안된다. 언어는 나에게 존재를 주지만, 존재를 빼앗긴 존재를 나에게 주는 것이다.(《불의 몫》)

블랑쇼는 헤겔과 말라르메의 항적을 따라, 명명행위가 가지는 부정적인 힘, 언어가 대상을 살육 하여 실재성을 무화시키는 힘에 관심을 가졌다. 말라르메의 "모든 꽃다발에 부재의 꽃"을 상기한 것이다. 위의 인용에서 꽃이 여인으로 표현된 환

유를 보지만 내용은 다를 바 없다. 그의 〈문학과 죽음에의 권리〉
는 다음과 같이 말한다. 그는 언어의 존재를 잊지 않고 있다.

문학은 헤겔이 말하는 살인으로서의 최초의 이름을 상기한
다. 〈실재하는 것〉은 언어에 의하여 실재성 밖으로 불려나가
존재가 된다. 저 "라자로여 밖으로 나오너라"는 사체의 어두
운 현실을 원래의 자리에서 끌어내지만, 그에게는 그러나 정
신의 생 밖에 없다. 언어는 그 왕국이 낮[의 세계]에 있어서 환
하게 밝은 곳에 드러나 있지 않는 안이 아닌 것을 알고 있다.

신을 보는 자는 죽는다. 언어에 생을 주는 것은 언어 안에서
죽는다. 언어는 이러한 죽음에 의한 생을 말한다, 그것은 죽음
을 메고 죽음 안에서 자기를 유지하는 생(헤겔, 《정신현상학》 서
문)이다. 그것은 찬탄할만한 힘이다. 그러나, 무엇이 그곳에 있
었지만, 벌써 그것은 없다. 무엇인가가 소멸하고 있다. 그것을
다시 찾아 낼 것인가, 나의 모든 능력이 **앞에** 있는 것을 **뒤에**
있는 것으로 하기 위한 것이라면 어떻게 앞에 있는 것 쪽을 향
하여 돌아보면 좋을까? 문학언어란 문학을 앞서는 것을 탐구
한다. 문학은 그와 같이 자기를 앞서는 것을 일반으로 실재實在
existence라 부르고 있다.

〈요한복음〉 11;44의 라자로에 관계되는 인용의 전반부를 달리 말하면 〈문학공간〉은 사물의 있는 그대로의 현전도 아니고, 언어에 의한 대상의 관념화도 아니고, 대상의 부재의 현전으로 존재한다는 뜻이다. 벌써 부활하지 않는 라자로의 유해가 생생하게 현존하듯이 문학은 대상의 부재로 남겨진 것, 언어의 관념화 작용에서 잉여의 것으로 존재한다는 뜻이라는 한 외국 전문학자 해석이 있다. 그런데 왜 하필 라자로인가? 나는 그것을 블랑쇼 사상의 핵심인 〈바깥으로〉원리에 관계되어 있다고 생각한다. 〈바깥〉은 인간이 도착할 수 있는 장소가 아니다. 그것은 내세도 아니다. 그것은 세계를 조직하는 언설이 배제하는 〈바깥〉, 나아가서 그 언설이 역사로서 생성 전개 할 때 동화할 수 없는 것으로 모든 관계에서 배제된 〈바깥〉이다. 그것은 존재자의 영역에 속하지 않는다. 그것은 존재자에 의해서 가려진, 죽음이 주어진 비재非在다. 블랑쇼는 횔덜린, 말라르메, 니체의 시련을 추체험하면서 문학이 인도하는 비인칭, 방황을 만났다. 쓰는 자는 그곳에서 모든 현실 세계와의 관계를 잃고 언어도 단지 있을 뿐이다. 언어가 현실과의 변증법적 관계에 의하여 존재자를 구성하는 것은 헤겔의 언설이다. 블랑쇼의 〈바깥〉은 가시적인 경계에 의해서 나누어진 〈안〉에 대한 〈바깥〉이 아니다. "라자로야! 이리 나와라"에서 블랑쇼는 눈부신 〈바깥〉을 읽어내었던 것이다. 아니, 〈바깥〉을 심장의 고동처럼 직접 느꼈던 것이다.

블랑쇼의 언어론에 비치는 〈죽음〉(《문학과 죽음의 권리》)은 언어가 각 존재의 고유성(개별성)을 죽이고, 시시각각 모습을 바꾸는 싱싱한 존재를 묘석처럼 경직한 언어의 일반성 밑에 묻어버리는 사태를 문학적 언어가 반성하는데 발생하는 개념이다. 그러나 호명된 존재는 고독성을 부인당하면서도 끊임없이 반복될 수 있는 의미라는 생을 얻는다는 인식의 틀을 가지는 것으로 블랑쇼는 이해한다. 이러한 자세는 블랑쇼의 출발점이 실존의 고독한 불안에 있었던 일에 부합하는 것이다. 블랑쇼는 하이데거의 철학을 발판으로, 죽음을 인간의 유한성에 관한 물음으로만이 아니라, 쓰는 일의 경험으로서도 고찰한다. 쓰는 일과 죽는 일이 교차하는 지점에서, 문학은 인간의 근원적인 경험으로서 탐구되는 것이다.

시인은 존재를 한번 죽이고 다시 되살리는 언어의 빛바랜 일반성에 독특한 존재를 대표시키는 일상의 언어활동에 만족하지 않는다. 블랑쇼는 영국의 맥니스가 말했던 〈존재〉는 언어를 시이게 하는 힘으로 읽었을 것 같다. 그 힘은 형상(에이도스)을 가지지 않는다. 언어를 힘이게 하는 작용(일)은 눈에 보이지 않는다.《불의 몫》(1949)에서 제시되는 블랑쇼의 언어론을 요약하면, 언어는 사물을 무화시키며, 더욱 사물의 부재 그 자체를 현전시킨다는 명제로 간추릴 수 있을 것 같다.

참된 시인은 시의 영역을 "강력한 감정의 자발적인 넘쳐남 the spontaneous overflow of powerful feelings"(워즈워드)에 한정하지 않는다. 양심적인 시인은 그 바깥에 펼쳐지고 있는 무한한 지평선과 그 너머를 형벌처럼 바라보기 마련이다. 그 시선은 시와 자기 자신에 대한 기본적인 예의다. 반세기만에 존재로서의 시를 재회한 나는 그렇게 생각한다.

· 김성춘 ·

법문 1

- 여름, 동궁 월지에서

1

달빛이 익는 밤. 동궁 월지

왕과 함께 스님이 산책하고 있었습니다

왕은 달을 가리키며 스님에게 묻습니다

"스님, 저 것이 무엇 입니까?"

스님이 왕을 보며 답 합니다

"是 즉 是, 如 無言입니다"*

2

달은 어느 날 또 나에게 질문했습니다

"詩가 무엇인가"

나는 또 달에게
대답도 아닌 대답을 합니다
詩? 是?
"詩 즉 詩, 如 無言"
달은 아무 말도 하지 않았습니다.

* "이것이 이것이니 그 나머지는 할 말이 없습니다". 신라시대 지증선사가 49대
헌강왕에게 한 말(유홍준의 《나의 문화유산 답사기》 해설에서).

법문 2
- 금동반가사유상* 앞에서

달을 본다
경주 밤하늘에 처음 뜬,
왕릉 위에 뜬 달,
인왕동 황오동 노서동
골목골목이 환하게 출렁거린다

맑고 청순한 저 얼굴
나를 비추는 거울이다

달의 발가락이 꼬물 꼬물 거린다
깨물고 싶다 저 맨발
어디선가 어머니의 반야심경 독경 소리 들린다

내가 준 상처, 네가 받은 상처
그 슬픔의 무늬들, 잘 보이는 밤
달에게 미안하다

아득한
길 위에 선 당신이 보인다
막막한 길 위에 선 내가 보인다

인왕동 황오동 노서동
골목골목
손가락 끝에서 흰 달이 뜬다.

* 국보 제83호. 6-7세기 신라 불상. 2015.7.20일 경주박물관에서 일반에게 첫 공개

나무와 돌

나는 나무를 본다
나는 돌을 본다
오늘도 나는 나무도 보고
구름도 보고 조약돌도 보고 개도 본다
그러나
나무 뒤의 나무가 잘 보이지 않는다
숲 뒤의 숲이 잘 보이지 않는다
개를 봐도 개의 마음은 보이지 않고
컹컹컹 소리만 들린다
구름과 구름 사이, 나무와 나무 사이
떨고 있는 저 푸른 공간은 무엇인가

나무는 나의 거울이 된다
돌도 구름도 개도 나의 거울이 된다
숲 뒤의 숲을 보아야 한다
푸른 공간은 숨어서 잘 보이지 않는다

나는 나무다 돌이다 혼자다
오늘도 바람 속에서
눈물을 하늘로 보내고 있는
수묵빛 나무들을 본다.

파초寺

　파초寺를 아세요? 지난 가을 불국사 스님한테서 선물로 받은, 불국사氣를 담뿍 받은, 몇 겹의 두꺼운 옷 껴입고 혹독한 지난 추위 용케도 견뎌낸 파초 보살 사는, 수척한 몸으로 얼굴 내민 올 3월, 그 투혼에 경배 올리며 내가 명명한 나의 사원

　나의 멘토, 은총으로 가득한

　생각하면 늙은 배나무가 치는 목탁소리 들리는 고풍스런 기와집은 한 채의 오얏寺, 가을마다 은은한 열매 같은 범종소리 들리는 석류나무는 석류寺가 아닌가, 해질 녘 툇마루에 앉아 바라보는 저무는 남산도, 자연은 한 채의 절
　마음을 나무에 산에 돌에 비추니 나무와 산과 돌이 따뜻해

온다 경주 남산 목 떨어진 부처도 따뜻해온다 살아있음의 따
스함이여 물고기는 물을 탓하지 않고 나무는 산을 탓하지 않
는다

새소리가 새 소리로 들리는 은총 같은 아침
나는 절 한다 파초寺 산문 앞에서
나뭇잎새 사이 두 눈 반쯤 감고 명상에 잠긴 청와보살께
절 한다 어머니께 절 한다 아침마다
자연은 나의 멘토, 은총으로 가득한 오늘
아무리 들여다보고 또 들여다봐도 내일은 잘 보이지 않고
오늘 사이로 무성한 내일만 오고 있다 아마도 나는
요즘 파초寺 템플스테이 수련중인가 보다.

오리 수련법

변두리 공원, 은빛 계단 아래 오리 가족 하나 둘,,, 다섯 여섯…

모여 있다 어미가 먼저 계단을 뛰어 오른다.

꼭대기에 올라간 어미, 계단 아래 제 손가락들 물끄러미 바라본다

새끼들 펄쩍 펄쩍 생애 첫 눈부신 점프, 허공 수련!

펄쩍 펄쩍 허공에 부딪혀 나뒹굴어 지는 놈

꽥, 꽥, 꽥, 나죽는다 엄살 부리는 놈

지름길 어디지 이리 저리 방황하는 놈

처음부터 정면 돌파 시도 하는 놈

십인십색, 새끼들의 발목 붉게 젖는다

물끄러미 바라보기만 하는 꼭대기의 어미

끝이 보이지 않는 터널이다. 긴 호흡으로 가야한다
더디더라도 빡시게 가야한다 빡시게
말랑말랑한 꿈의 잎사귀들, 발목이 젖는다 나도 젖는다
하나 둘 … 다섯 여섯 … 간신히 오늘의 벽 건너는 새끼들
마지막 제 손가락들 도착할 때까지
은빛 계단 위, 기다리는 사랑의 어미를 본다

어디선가 들리는 참새들의 박수 소리
날개는 추락하면서 다시 비상하는가, 타오르면서
다시 추락하는가
어디로 가고 있는가 당신
무심하게 흘러가는 저 생의 물살들
공원엔 목련 꽃이 한창이다.

선운사에서 - 최영미

꽃이

피는 건 힘들어도

지는 건 잠깐이더군

골고루 쳐다 볼 틈 없이

님 한번 생각할 틈 없이

아주 잠깐이더군

그대가 처음

내 속에 피어날 때 처럼

잊는 것 또한 그렇게

순간이면 좋겠네

멀리서 웃는 그대여

산 넘어가는 그대여

꽃이

지는 건 쉬워도

잊는 것은 한참이더군

영영 한참이더군

'서른, 잔치는 끝났다' 의 시인 최영미.

내가 언제부터 이 시를 애송 했는지는 기억이 잘 나지 않는다. 아마도 어느 날 최 시인이 방송에 나와서, 자신의 시 '선운사에서' 를 소개하는 걸 보고 난 뒤인 것 같다.

그녀는 동백꽃으로 유명하다는 미당의 고향, 전북 고창, '선운사' 에 가보지도 않고 이 시를 썼다고 고백했다. 그러니까 시인은 선운사에 핀 동백을 가 보지도 않고 제목을 '선운사에서' 로 잡았던 것이다.

이 시작의 배경으로, 시인은 어느 날 자신의 집에서 재배하던 동백나무 한 그루 얘기를 했다. 자신의 아파트, 동백꽃을 관찰해 보니까 "꽃이 필 때 까지는 아주 아주 많은 시간이 흘러가야 피는데, 그 동백꽃이 질 때를 보니까, 너무 빨리, 너무 허무하게 뚝! 지더라" 는 것이다.

이 짧은 순간의 인식, 즉 "꽃이 / 피는 건 힘들어도 /지는 건 잠깐이더군"이 보편적 진실, 즉 사소한 깨달음이 이 시를 낳았다는 것이다. 시인은 아마도 꽃잎이 자라서 붉고 둥근 잎을 펼칠 때 까지를 숨 죽이며 관찰 했으리라. 꽃의 맑은 향기도 맡았으리라.

꽃이 피고 지는 자연의 현상에서, 사랑하는 사람과의 만남과 이별까지를 대비 시키고 있는 독백 어조의 시. 우리가 흔히 보는 자연 현상을 예사롭게 보지 않는 시인의 날카로운 눈! 좋은 시인의 한 예를 이 짧은 시는 잘 보여주고 있다. .

시의 전개 과정도 자연스럽고 시인의 체험과 상상력도 독특하게 다가온다.

"그대가 처음 / 내 속에 피어 날 때처럼 / 잊는 것 또한 그렇게 / 순간이면 좋겠네"

이별의 아픔이 절절하면서도 독자의 영혼을 울리는 슬픈 명랑의 시다.

강봉덕

먼, 곳

문을 닫고 길을 지웠다네 따뜻한 세상을 기다리기로 마음먹었다네 잡을 수 없는 것들이 더 선명하게 보이는 날, 손이 닿지 않는 내 몸과 수억 광년 행성이 같은 경계에 있다는 걸 알았다네 눈은 점점 더 어두워 마침내 맹인이 되고 삶과 죽음 사이에 끼였는데 포기할 것들이 늘어나기 시작했다네 손은 점점 짧아져 슬픔은 가닿지 못한 허공에 단단히 박히고 군중들은 소리를 질러보겠다네

가끔씩 추락하거나 깊게 긋는 꿈도 사치란 걸 알았다네 별은 전염병 걸린 사람처럼 일시에 쿨럭이고 별을 잡으려 손을 흔들지만 흔들리는 건 당신의 절룩거리는 희망, 기형의 몸짓 누가 만들었을까 유전일까 하나를 포기하면 잡을 수 없는 것

들이 셋 다섯 일곱 만들어 진다는데 손을 펼 수 없었다네

  TV속 낯선 남자는 무어라 주문을 걸어오지만 이미 너무 많
은 마법에 걸려 있었다네 잡을 수 없는 무형의 구호가 주먹에
서 빠져나갔다네 손안에 든 쥐나 주무르고 있는 사람들은 움
직이지 않아 소리쳐 깨워보지만 깊은 잠 속에 빠져버렸다네
손이 가닿지 못하는 먼, 곳 이 지긋한 봄날은 언제 끝이 나려는
지 춥거나 더운 날들을 추억한다네

슬픈 예감

정물처럼 멈춰있는 시간
하얗게 타오르는 얼굴 본적 있나요

딱딱한 의자에 꽂혀 있어요 앉아서 붉은 입술이 다가오길
기다릴수록 나는 투명해져요. 입술이 형식적이란 걸 깨닫는데
오래 걸리지 않아요 나의 기울어진 그림자 때문인가요. 당신
은 내게 관심이 없어요 나보다 내 뒤의 캄캄한 배경이 궁금한
가요

사각의 공간에 놓여있어요 내 취향을 네모로 만들고 둥근

얼굴은 사각을 고집했어요 나를 지우는데 오래 걸리지 않았어
요 당신이 만들어 놓은 공간에 알맞게 고쳐 놓았거든요 자꾸
만 찾아오는 두통, 내 안쪽은 쓸쓸히 빛나요 아침을 좋아하는
난 이미 정해진 길을 싫어해요. 그럴수록 더 멀리 흘러간다는
걸 알아요

　　손톱을 가꾸며 엇나간 숫자를 맞추듯
　　난, 가끔씩 슬퍼져요

꽃의 침묵

아침이면 떠날 채비 하지요 구름을 당겨 총구 쓱쓱 문질러 윤기내고요 밤새 자란 살기 날카롭게 세우지요 단세포동물 같은 방아쇠 건드리면 부드럽고 물컹한 총알 정확히 목표물 관통하지요 파편은 사방으로 튀고요 가끔 되돌아오는 총알 피해야하지요 하지만 염려 마세요 무기력증에 빠진 당신은 안전하니까요 준비가 끝나면 출구 막고 위장을 하지요 꽃망울 보호막 그려 넣고요 바닥을 기는 연료통 채우지요 채워도 끝이 없는 구멍이 보여요 집착은 배고픔에서 오니까 조심 해야해요. 빠르게 굴러갈 바퀴 탱탱하게 바람 넣고요 시동 걸어요

바람의 잔등에 올라 타지요 갈기 움켜잡고 발 구르며 속력을 올려요 성급한 바람이 허공에 걸려 넘어지고요 네거리엔

붉은 꽃 걸려 있어요 시한폭탄일까요 손 내밀어 목을 뚝뚝 분질러요 폭주족 같은 공포탄 터지면 뭉개진 꽃 낭자하게 흩어지고요 밤샘한 잎 쓰러져요 그러나 소심한 당신은 속 태우지 마세요 공갈탄이 먹히지 않아요 바람은 벌레든 구멍으로 스며들고 나타났다 사라지는 분분한 꽃보라 보세요 어둠이 조용히 우리를 삼켜요 어둠보다 빨리 어두워지는 꽃잎은 뿌리를 내려요 아직 물들지 못한 당신은 곧 저물거예요

저녁 식탁에 암술과 수술이 꽂혀있어요 까만 씨앗이 종지에 담겨 있고요 불면으로 고생하던 당신 알약을 삼키고 물을 마셔요 이제 밤마다 꽃이 방안 가득 피어날거예요 어둠보다 밝은 꽃을 밀어올리고 총탄보다 부드러운 잎 말아올려요

감은사지석탑에서

균형을 잡고 있는 팽팽한 허공
늘 마주보고 서 있는
그 둘은 맞수다
쉽사리 다가서지도 물러나지도 않는다
중심이 흔들리지 않는 저 근성
쓰러지지 않는 비결은 마주보고 있기 때문
서로 무너지지 않으려 안간힘 쓴다
대웅전 앞, 사각의 뜰
먼지나 흙이 되어 모두 돌아간 시간
아직 버티고 있는 저 힘
눈동자는 당신의 허점을 살핀다
쓰러지는 일이 무서운 것이 아니라 다시

일어서지 못하는 일이 무서운 것
가까이 있다 멀리가면 맞수가 아니다
일상의 기울기가 그림자를 만드는 시간
이유도 모른 채 중심에서 떠나간 사람들
죽죽 금간 모습으로 감은사 탑 주위를 돌고 있다

별

길이 열리고 나는 태어났다 그때부터 검은 길 위에서 반짝이며 단단해졌다

휘파람은 바람의 신을 불렀다 궁창의 수면 아래로 낮게 흐르며 높은음으로 가라앉았다

동에서 서로 옮겨가는 동안 발목이 꺾이며 어두워졌다 나로부터 멀어지고 있었다

허공을 쥐어짜듯 오후는 저물어갔다 둥글어지며 어둠을 안쪽부터 키웠던 것이다

오랫동안 방치한 공간에서 휘파람 소리가 들렸다 골방에선
들리지 않는 소리가 죽어갔다

휘파람을 묻었다 아픔을 주렁주렁 잉태했다 오래된 통증이
하늘에 걸려있었다

직립의 시간이 지났고 척추는 낮게 움츠려들며 둥근 등을
보였다

둥글어 지는 일은 사라져가는 일이라 일러주었다

내 마음의 시 한편

Topoema 4 - 구광렬

난, 삐뚤 허공에 삼각형을 그리며 내 몸을 집어넣으려

하네 선분에 다리가 접히고 발끝이 닿아 앞으로

고꾸라지고 꼭짓점에 머리가 찔려도 난

내 몸을 구겨 넣으려하네 그 속에

무엇이 있는지 밖에서도 훤하건만

난 그곳을 뚫고 나아가려하네

어느 날 내 몸보다 작게

그려지는 삼각형이 불쑥

자라나거나, 내 몸보다

작은 팔이 내 몸보다

큰 삼각형을

그려낼 때

47

비로소

밖,

그 밖에 있겠네

그 밖에서 안을 들여다보겠네

못 나올 내 그림자를 여전히 눈, 코, 귀, 입을

달고 있을 잘려버릴 내 그림자를, 그 그림자를 열매

처럼 달고 있을 나무들을, 그 발 없는 나무들을

얇은 깃털로 희롱할 새들을, 그 기하 밖 새들의

눈 속에 흐를 유심했던 저 대하大河의 분자들을,

세월이 흘러 그 삼각형의 선분들이 말라

갈대처럼 아스스해지고 돌이킬 수 없을

도형이 돼버릴 때, 난 저 편에

머물겠네 파타고니아행

아스팔트 위, 하나

點으로

난

찌그러진 우주 귀퉁이에 앉아 다른 차원의 물질을 생각해봅

니다. 삼각형 속에 온몸을 구겨 넣으며 시간과 공간을 탈출해

보려합니다. 그림 속에 반쯤 걸려 있기도 하고 그림 속을 탈출하기도 합니다. 2차원의 평면에서 3차원의 공간을 읽는 밤입니다.

물살처럼 엉켜 있는 시간이 빠르게 흐릅니다. 불행은 예고 없이 오듯 끙끙거리며 길 잃은 발 끝 아래 천 길 낭떠러지입니다. 두둑두둑 떨어지는 잔별들이 쏟아집니다. 움켜잡은 우주를 당겨 내립니다. 출렁! 우주 밖으로 벗어나는 순간입니다.

권기만

스타게이트 2

여행은 시간을 바라보게 한다

꼭짓점이 완성되면 시간 이동 좌표를 기준으로 10만광년을
왕래할 수 있다

언제 완성 될지 모르지만 불안정한 미래 좌표가 내겐 가장
확실한 좌표

오로라 항성이 뜨자 그 아래 전갈좌에서 긴 꼬리를 흔드는
무리진 빛들

기억원형보관소에 DNA를 보증하고 우주시간으로 3만광년
에 맞춘다

그 시점까지 돌아오지 않으면 나는 자동 발화될 것이다

설혹 영원히 못만나게 되더라도 나의 클론은 자아의 원형을
찾아 우주를 떠돌 것이다

내 어머니였던 지구는 내게 몸을 선물했다
우주를 여행하다 우연히 들른 여기서 만난 줄어들지 않는
생명성
푸름이 왜 영원으로 기억 되는지 불모였던 나는 몰랐다
때가 오면 지구에 가서 어머니를 만날 것이다

2천만 년 만에 나타나는 불새를 보려고 카시오페이아전망
대로 가는 우주선은 매진이다
엔트로피 충전소에서 텅빈 북구항로를 본다 어쩌면 귀환할
수 없을지도 모른다
자유여행군에 들어간 회선을 찾아볼 때 부케넌으로부터 급
메탈이 뜬다
2만 년 분의 생명성을 가불하며 메탈에 뜬 문자를 본다
〈바오밥행성 무한생명나무 대량 서식 속도행로무시 급공간
이동요〉

1 *l* 에 10만 e테르가 담겨 있다니!

100 e테르에 1년의 생명성을 충전할 수 있으니 무한 서식이
면 와우,
한껏 팽창한 눈으로 시간이동공간지름길을 살펴본다
5만 e테르를 지불하고 925번 게이트로 나선다
장미성운의 반응점 아래 바오밥행성에 좌표를 맞춘다
항성력으로 공간좌표 137억 2천 15광년

초월점을 넘은 에너지가 존재들의 몽상을 통과할 때
상상을 넣고 봉한 롤케익 같은 행성의 문이 나타난다
전망을 앞당긴 흰빛에 시간의 곡률을 넘겨주자
부케넌의 눈빛이 R꿈으로 둥글어져 있다

환어족 幻魚族

속도가 빛을 넘어선 거리만큼 젊어진다는 가설
구상성단에 이르면 가속은 무아지경에 든다
빛 속에 떼지어 몰려다니는 물고기들
자장의 원근법으로 축조한 모자 성운으로 거슬러
간다 속도에 내장된 빛엔 태초를 향해 돋아난
물갈퀴가 있다 빛을 초월할 때 비물질화 된 속력
우리가 꿈꾸는 건 비물질이 남아 있기 때문
블랙홀 속으로 빨려 들어가면 탁구공만 해지는
지구, 웜홀을 넘나드는 장치가 개발 된 뒤
우주선이 된 공간이동, 10^{-32}초 이전으로 가면
완두콩만 해지는 우주, 물질팽창상수를 대입하면
미래의 인간을 만날 수 있다

사랑을 가속시키는 상전이현상
순수의 내면과 일치하는 구간에서 눈을 감고
물질의 초입에 드는 순간
군침처럼 고이는 까마득한 정적
입자들의 과열이 만들어낸 환상
그 푸른빛을 헤엄쳐 왔을 지상의 꽃잎들
꿈이 기억해 낸 몸짓을 옹알이 하듯
잠에서 깨면 초시공을 돌아 돌아온 여자 앞
반보쯤 지상에서 공중부양된 넌
푸른 눈을 가진 한 마리 환어
입꼬리에 혜성이 잠깐 나타났다 사라진다

중력 X

너무 바빠 늙을 시간도 없는 어머니, 1004층 높이의 계중은
언제 완성되나요 은하수처럼 시간 밖으로만 흐르지 말고 대화
좀 해요 밥 좀 먹어요

요즘 같은 시간이동 시절에 웬 밥타령? 얼마나 꿈꾸던 쌍방
소통이냐 달리기만 하면 되는 光시절 못가본 데가 많아 멈출
수 없다. 대화도 문자도 짧을수록 중력에서 자유롭다

문장 밖으로 달아나는 어머니 1004층 가는 길 잠시 멈추시
고 둘러앉아 얼굴 봐요 세상에서 제일 맛있는 얼굴 한번 먹어
봐요

가족 타임 메모지에 날짜 보내라. 널 보는 걸로만 배부르던 시절이 해왕성처럼 떠오르는구나

영상에 담긴 어머니, 가니메데는 언제 다녀오셨나요 차가운 광채가 눈부시네요 시간은 어디쯤서 얼어버린 건가요 누이가 벨로시랩터발톱 분양받았다 손톱 들어 보이네요 무서워요

카시오페이아 지도 작성 중인 네 아버지와 공중부양 운송 개통한 해왕성 가서 연료 넣고 토성엑스포 들렀다 가마 그래 밥 먹자 웃음 가득 비벼서 아들아

프록시마 센타우리에서 출발했다는 어머니, 문장 안은 지루하다고 999기차를 좋아하는 어머니, 명왕성 정거장서 차 찾아 여기까지 오면 초록 연대기도 끝날 텐데 언제 오시려나 어머니,

* 가니메데 : 태양계의 위성 중 가장 큰 목성의 세번째 위성

쥐라기에서 온 여자

남자의 재봉 바늘을 여자의 재봉틀에 맞추자 가방이 만들어진다 노란가방 파란가방 검은 가방 남자는 여자를 메고 여자는 남자를 들고 간다 잡는 방법을 다르게 진화시킨 여자가 남자를 열고 바늘을 꺼내 입술선을 그리자 말의 눈매가 선명해진다 그 말에 고분고분해지는 남자 침대와 소파를 옮기는데 10년이 흘렀다 각자의 가방 속으로 돌아가는 밤이면 어김없이 한밤의 쥐라기가 도래한다 아파트 화석촌에 위층 발소리 몰고?출몰한 티라노사우루스, 공룡 울음소리 깎아 만든 의자가 밤을 꼬박 앉아서 새운다 뼛속에 남아 있던 뿔룡 한 마리, 가방을 찢고 고개를 내미는 케라토사우루스, 나를 잠갔던 가방은 이제 쥐라기의 유적이다 유적을 메고 신생대로 첫발을 딛는 여자, 아름다움을 담는 가방이 티라노사우루스의 발목만 해지는데 6500만 년이 걸렸다 지상에 살아남은 가장 아름다운 공룡, 뾰족 구두로 자란 뿔을 앞세워 사냥에 나선다 쥐라기 표 날씬공룡이 지나가자 덩치 큰 알로사우루스가 거품 물고 쓰러진다

달탄 왕자

달탄국 왕녀의 피를 물려받았다는 어머닌 모든 남자를 신하처럼 대했다 난 미래의 왕처럼 행동해야 했다 품위는 절제의 신하 아무리 급해도 격정 있게 걸어야 했다 위풍당당 미래를 구원할 왕자를 낳았다고 믿는 어머닐 위해 달탄국 왕자 칼리프처럼 지혜롭고 용감해야 하는 난 다른 여자를 사랑하면 안되는 불운의 왕자

아침은 우유 한 잔에 빵 한 조각 점심은 오렌지 주스와 샌드위치 저녁은 삶은 감자 두 개와 치즈피자 반 판 그리고 한 잔의 포도주, 후식으로 제철 과일을 먹는 게 어머니가 선택한 식사법 가끔 토마토첼린지를 곁들여 술을 마실 때에도 절대 취하도록 먹는 법이 없다

세상에서 제일 아름다운 진주의 영혼을 조각한 처녀를 만났단 말을 아직 하지 못하고 있다 그녀가 페인트공의 셋째 딸이란 건 아직은 먼 나라 이야기 그의 솜씨는 어떻게 해야 광채가 나는 가를 아는 사람이 아니고는 그려낼 수 없는 빛을 만들어낸다 그러한 빛이 그녀에게 있다 사랑의 빛이 어느 순간 눈에 들어와 찬란한 빛의 파동으로 피어나는 걸 어떻게 설명한단 말인가

오직 어머니만을 헌신적으로 흠모해야 하는 난 불운한 왕자, 아무 일 없이 그냥 보내기가 저녁에게 미안할 때 난 달탄국 왕자가 되지, 어머닌 모든 기품의 여왕, 내일이면 어쩌면 페인트공의 셋째 딸을 보자고 할지도 모를 일, 공회당에서 빛나는 그 빛이 신비한 속삭임을 불러들일 게 틀림없는 저녁, 말도 안 되는 이야기가 말도 안 되게 재미있어야 저녁에게 미안하지 않는 날 달콤하게 발효된 포도주 속, 난 달탄국 미래의 왕

빈집 - 기형도

시에서 가장 중요한 효용은 충격이다. 나는 그것을 감동이
라 부른다. 그러므로 감동은 최소한의 조건인 셈이다. 그조차
갖추지 못한 시들의 범람으로 시의 시대가 막을 내리려고 하
는 절박한 시대의 시인으로 산다는 건 유쾌한 일이 아니다. 그
럼에도 밋밋하기만 한 시를 쓰다가 마는 일에 목숨을 거는 사
람들을 만나면 가슴속 바다가 빠져나가는 기분이다. 그러나
충격이라는 미명에 홀려서 파격을 앞세워 파괴를 선동하는 건
충격이 아니라 혐오를 조장할 뿐이다. 순화된 충격이 감동으
로 갈무리된 시어를 만나는 건 광맥을 발견하는 일 만큼이나
어렵다. 카타르시스가 진정성이라고 읽는 건 그래서 생겨난
나의 버릇이다.

사랑을 잃고 나는 쓰네

잘있거라 짧았던 밤들아

창밖을 떠돌던 겨울 안개들아

아무것도 모르던 촛불들아, 잘있거라

공포를 기다리던 흰 종이들아

망설임을 대신하던 눈물들아

잘있거라, 더 이상 내것이 아닌 열망들아

장님처럼 나 이제 더듬거리며 문을 잠그네

가엾은 내사랑 빈집에 갇혔네

　이 시는 너무 짧고 그래서 더 없이 아프고 절망적이다. 참으로 짧지만 너무나 긴 9행에 모든 젊음의 비의가 집약되어 있다. 꽃이 상상력이 되는 특별한 절정이 절망으로 기표되어 있다. '잘있거라'가 세 번 반복된다. 첫 번째의 '잘있거라 짧았던 밤들아'가 가지는 의미는 무수한 이야기가 깃든 고뇌와 열정이 별로 총총 박힌 청춘의 밤이다. 그것은 떠나보낼 수 있는 것이 아니다. 그것은 가슴 그 자체이므로 결코 결별할 수 있는 것들이 아니다. 그러므로 어쩔 수 없이 무언가에 의해 떠나게 되는 안타까운 상황을 암시 한다. 두 번째 '잘있거라'는 촛불과 흰 종이와 눈물에게 자신의 처지를 호소하고 있다. 그것은 하나하나가 다 상징으로 승화되어 있다. 촛불은 외로움과 아주 작은 침묵의 공간을 암시한다. 흰 종이는 무언의 독백을 암시한다. 아무것도 기록할 수 없는 거대한 독백을 공포로 대신하여 보여주는 무대가 흰 종이다. 눈물은 결코 망설임이 아니다. 감정의 모성이고 가슴의 엑기스다. 그것은 막을 수도 없고 참을 수도 없는 자연적인 솟구침이다. 그런데 망설인다고 한다. 그것은 역설이며 반성이다.거기서의 눈물은 그러므로 죄 없이 죽어간 청춘들을 상징한다. 세 번째 '잘있거라, 더 이상 내것이 아닌 열망들아'에서 열망은 젊음의 상징이고 모든 지식에 앞서는 삶의 동력이다. 그런데 그것을 남의 것인 양 말하는 쓸쓸함의 비의는 허탈이다. 그가 말하는 빈집은 군사독재가 판을 키우던 80년대의 내면이며 또한 80년대가 유배된 공간이다. 그러므로 내것이 아닌 열망은 뜨거운 피가 분노로 뿜어내는 불굴의 고뇌를 상징한다. 연민과 열망으로 지어진 가엾은 사랑이 더듬거리며 문을 잠그는 빈집은 그러므로 사랑과 열망이 부재의 형태로 존재하는 공간을 추모하는 묘비명이다. 상징은 역설이고 물음표 없는 반문이다. 저 처절한 절규가 반문하는 것은 상실이 열매로 맺힌 부재다. 눈이 있어도 보지 못하는 장님의 시대,형태만 바뀌어서 계속되는 흰 종이와 눈물, 가엾은 내사랑이 반문하는 것은 너무도 절실한 뜨거움이다. 너무도 절실해서 절망의 몸짓으로 응축된 씨앗을 존재의 실형처럼 살고 있는 빈집, 기형도의 '빈집'은 수세기가 지난 후에도 더듬거리며 문을 잠그면 가슴이 먹먹해질 것이다.

　시는 열매가 아니지만 열매이기를 희망한다. 아니 갈망한다. 그것이 시가 가지는 비의다. 꽃으로 열매이기를 바란다는 것은 역설이다. 그럼에도 그게 가능한 것이 시가 가지는 또 하나의 역설이다. 빈집은 열매가 아니라 꽃이다. 꽃망울을 펼치기도 전에 떨어지는 꽃이다. 그럼에도 빈집은 하나의 열매가 된다. 꽃으로 열매를 비의하고 있다. 그런 시 한 편만 쓰고 죽는다면 그 시인은 성공한 시인이다. 시대를 뛰어넘어 두고두고 우리 곁에 끝없이 부활 할 것이다. 빈집 같은 시 한편 쓰고 싶어 나는 또 무릎을 꿇는다.'

·

김
옥
곤

·

1973년 소년중앙문학상 최우수상. 1983년 〈서울신문〉 신춘문예 동화 당선.
소설 21세기 동인. 동화집 《움직이는 바위그림》, 소설집 《염가식당, 그 이후》
《자관을 두들기며》 《해술, 부활하다》 《마라네 집》

이상적인 시[1], 부질없는 시[2]

— 가상좌담, 시동인지 《캥거루의 밤》[3]을 말하다

독자 ㄷ 안녕하세요.

독자 ㄱ 네. 처음 뵙겠습니다.

독자 ㄴ 반가워요. 두 분 역시 얼굴이 없군요. 저도 그렇지만요.

(모두 웃음)

---

1) 제오르제 바코비아(루마니아, 1881~1957)의 시.
생각이 나를 지배한다 / 끝없이. / 음악의 소용돌이가 / 그것을 사라지게 한다 /
음악의 소용돌이는 / 무한으로 퍼져 나간다 / 가까이에서 찾으렴 / 보편적인 생각
을. (시집 『납』에서 인용)

2) 정현종의 〈시, 부질 없는 시〉
시로써 무엇을 사랑할 수 있고 / 시로써 무엇을 슬퍼할 수 있으랴 / 무엇을 얻을
수 있고 시로써 / 무엇을 버릴 수 있으며 / 혹은 세울 수 있고 / 허물어뜨릴 수 있
으랴 / 죽음으로 죽음을 사랑할 수 없고 / 삶으로 삶을 사랑할 수 없고 / 슬픔으로
슬픔을 슬퍼 못 하고 / 시로 시를 사랑 못 한다면 / 시로써 무엇을 사랑할 수 있으
랴 / 보아라 깊은 밤에 내린 눈 / 아무도 본 사람이 없다 / 아무 발자국도 없다 /
아 저 혼자 고요하고 맑고 / 저 혼자 아름답다

3) 울산지역의 시동인 모임인 〈수요시 포럼〉이 2014년 9월에 발간한 시동인지(11집). 67

독자ㄷ 독자는 원래 얼굴이 없지요. 동서고금의 수많은 독자가 인류의 유산인 고전을 일궈왔다고 저는 생각합니다. 물론 여기서 독자란 일정 수준의 독서, 또는 독해능력이 있는 사람들을 뜻합니다. 그렇다면 우리나라에 과연 이런 진정한 독자층이 있는가 하고 저는 묻고 싶습니다. 최근에는 소설도 그렇지만 특히 시는 독자가 과연 존재하는 것인가라는 의문이 들 정도니까요.

독자ㄴ 그게 무엇 때문이라고 생각합니까. 독자들이 게을러 빠져서 무능해서 디지털화돼가는 사회적 현상 때문에 저는 다수의 유능한 독자들이 침묵, 아니 침잠해 있어서라고 생각합니다. 연극에서 작가와 배우 못지않게 중요한 요소가 관객 아니던가요. 관객이 없는 무대란 상상하기 어렵지요. 문학 창작에서 독자는 상당한 의미가 있어요. 그 둘 사이에 평론가가 있지만, 비평이 잘못 끼어들면 작가와 독자 사이에 상당한 괴리가 생기지 않습니까. 해설이란 명분으로 눈치껏 봐주고 적당히 때려주는 주례사 비평 같은 허사虛辭는 이제 그만둬야 한다고 생각합니다.

독자ㄱ 그래도 시집이나 시동인지가 예전과는 달라지고 있다고 저는 보는데요. 독자의 비중이 점점 커지고 있다고나 할까요. 시에 관한 평가랄까 담론을 평론가에게만 맡기지 않겠다는 시인들의 자성 때문인지 몰라도…, 서두는 이 정도로 하면 어떨까 싶습니다.

독자ㄷ 그럽시다. 그럼 먼저 《캥거루의 밤》을 읽은 소감부터 한번 들어볼까요. 전체적인 인상이 어땠나요?

독자ㄴ 동인들의 시가 갈수록 난해해지고 있다는 생각이 들었습니다. 이건 뭐 시단 전체에 만연해 있는 풍조 같은 것입니다만 과거 우리 시가 지나치게 쉬웠던 탓도 있겠지요. 시는 원래 난해할 수밖에 없는 장르가 아니던가요. 물론 시인이 허명에 사로잡혀 의도적으로 난해한 시를 직조해내는 현학 의식의 과잉은 경계해야 하지만요. '수요시 포럼'은 언어와 대결하는 치열함이랄까, 동인들 대부분이 그걸 갖고 있어요. 실패를 두려워하지 않는 실험정신도 있어요. 그런데 말입니다. 그런 치열함과 각고의 흔적이 보이는 시들에 쉽게 공감이 되지는 않았습니다. 솔직히 짜증이 날 때도 있었거든요. 이게 제 독해력의 한계일까요?

독사ㄱ 그건 아마 아닐 겁니다. 딱히 독해력 때문이라기보다 시인과 공유할 수 있는 감수성이나 지식, 경험, 환경 같은 개인차에서 오는 것이기도 하지만 무엇보다 독자가 시를 대하는 태도에 달렸다고 생각합니다. 사실 요즘 남의 시를 두 번 세번 곱씹어 읽는 독자가 얼마나 될까요. 시 읽기가 시 쓰기 이상으로 힘든 세상입니다. 그래서 독자들이 나가떨어지는 거예요. 자신도 모르게 시를 외면하게 되는 겁니다. 어쩌면 이게 현대시의 숙명일지도 몰라요.

독자ㄷ 독해에 관한 얘기가 나왔으니 제 경우를 예로 들지요. 《캥거루의 밤》에서 김성춘 시인의 '쇼스타코비치 제8번을 듣는 밤'이란 시를 읽다가 눈길을 멈췄어요. '쇼스타코비치 제8번'을 들은 적이 없었기 때문입니다. 먼저 쇼스타코비치의 음악을 듣고 시를 다시 읽어보는 것이 도리일 것 같아 인터넷을 뒤져 찾아냈고, 그 음악을 들으면서 시를 감상했어요, 그때가 환한 대낮이었지요. 비 오는 밤은 아니었고요. (웃음) 근데 시어가 제 머릿속을 휘젓고 살아 움직이는 겁니다. 일테면 〈'밤이 꽹꽹합니다.' '비는 조금도 낡지 않았고 비는 또 다른 비를 부릅니다.'〉 이런 시어들이 갑자기 리듬감이 생기며 세찬 빗줄기가 되어 저를 난타하는 거예요. 능동적인 독서를 할 때 얻어지는 즐거움이랄까 그런 경험을 했습니다.

독자ㄱ 아, 김성춘 시인의 데뷔작인 '바흐를 들으며'가 연상되는군요. ㄷ님의 얘기를 듣고 보니 일반적으로 독자들이 바흐의 음악에 대한 이해도가 높았기 때문에 그 시에 대한 공감의 폭도 훨씬 컸으리라는 생각도 듭니다. 저는 이원복 시인의 '아프리카 여인들'을 좋게 읽었습니다. 2014년 경상일보 신춘문예 당선작인 '나의 악몽은 서정적이다'는 제 취향과는 거리가 먼 시였고, 심사평은 대체 뭔 소리인지 하나도 모르겠더군요. '아프리카 여인들'은 시작노트인 '우물가의 여인들'을 읽지 않아도 충분히 공감이 되는 시였습니다.

독자ㄷ 윤향미 시인은 늘 고른 수준의 시를 보여주는 것 같습니다. '마지막 퇴근길'에서 〈내가 왕년에, 왕년에 내가, 왕년의 길들이… 굳은살 옹이가 되어〉 하는 말들에 고개가 끄덕여지며 슬그머니 웃음이 나왔습니다. 나머지 시편들에서도 인생길 어디를 가든 '출입금지'는 없다고 〈금지를 금지하라며〉 삶과 맞서는 (산과 강, 자연이 그렇듯) 시인의 모습이 당당해 보입니다. 반면에 김익경 시인의 시를 읽을 때는 바짝 긴장이 되더군요. 의미가 다른 시어들의 돌연한 충돌이 빚어내는 효과가 뜻밖에 큽니다. '베르테르'는 추리영화의 몇 컷을 연상시킵니다. 미궁에 빠진 사건을 덮으려는 경찰과 모텔 주인의 공범의식은 우리 사회의 은폐된 '곳간'을 보여주는 것 같아 섬뜩합니다. 자물통과 열쇠, 녹슨 구름은 '의혹'만 키울 뿐, 시인은 '감춰진 적의敵意'에서도 '당신은 너무 가볍군요.' 하며 '포즈'만 취할 뿐, 아무런 단서도 내밀지 않습니다. 어쩌면 시의 민낯도 인생도 그런 것인지 모르지요. (모두 고개를 끄덕인다)

독자ㄴ ㄷ님의 능동적인 독서에 공감됩니다만, 아무리 집중

해서 읽어도 권주열 시인은 저의 독해력 밖에 있다는 생각이 들더군요. 소금과 NACL의 차이를 저는 잘 모르겠어요. 시에 수학의 수식이 끼어든 것도 그렇지만, 그의 초기시에서 출중하게 표현되었던 바다 이미지가 자꾸 떠올라 난감했어요. 왠지 시가 깡말라 간다는 느낌, 상상으로 키운 시상을 뼈만 남기고 살을 발라내고 있구나 하는 이상한 기분도 들었어요.

독자ㄷ 권주열 시인의 시는 아날로그식 시계의 부품을 분해하듯 언어를 뜯어 분석해 읽어야 합니다. 시작노트에 짧게 언급돼 있지만 〈언제나 내 몰래 내 시들이 써지면 좋겠다. 어떤 이유도 일관성도 없이 써지면 좋겠다. 가끔씩 네가 아니라 내가 화들짝 들켰으면 좋겠다.〉라는 것은, 시작詩作을 무의식으로, 비논리적으로, 언어의 필연적인 연결 고리를 끊어 가며 우연성에 더 기대어 쓰고 싶다는 얘기로 들렸거든요. 다시 말해 언어에 대한 시인의 태도가 전과 확연히 달라졌다는 뜻입니다. 시인은 '사바나 사바나'에서 〈말이 말을 뜯어 먹는다. … 모자라는 말은 없다. 어떤 말도 대신 할 수 없다.〉라고 하면서 있다, 없다 라는, 말을 자주 씁니다. 그게 'NACL'에서 극대화되는데 소금을 NACL로 표현한 것은 둘 사이의 어떤 차이 때문이 아니라 사물을 원소로 보고 있다는 겁니다. 그렇기에 NACL에는 물고기, 배, 어부, 등대, 수평선, 파도 같은 일회성은 없어지고 영겁永劫을 상징하는 바다만 보이는 겁니다. 루트 안에 갇힌 섬은 말의 혓바닥에 돋은 돌기의 형상으로 볼 수도 있지만 저는 시인이 무의식적으로 언어를 억압하는 현상으로 봅니다. 안에 갇힌 숫자는 밖으로 나오려고 합니다. 일테면 7이 되어야 현실에서 온전한 숫자가 됩니다. 숫자와 달리 'a' 나 '섬' 같은 문자는 숫자를 대입해 풀기 전에는 안에서 꼼짝할 수가 없어요. 마치 서양 동화에서 공주가 첨탑의 꼭대기 방에 갇혀 있는 것처럼 말입니다. 공주를 구하려면 마법을 풀어야 합니다. 마법을 푸는 열쇠는 왕자의 사랑 아니겠습니까. 시에서 왕자는 물론 시인이고 열쇠는 모국어에 대한 사랑이겠지요. 시인이 그 루트의 방에 갇혀 있는 섬을 언제 구해낼지 궁금합니다. 아마 그 섬이 풀려 나올 때 시인의 데뷔작인 '참 큰 가방' 과는 또 다른 새로운 인식의 바다가 활짝 열리겠지요.

　독자ㄱ 네, 그럴 수도 있겠군요. 듣고 보니 ㄷ님의 분석에 상당 부분 공감이 됩니다. 저는 강봉덕 시인의 시편들에 주목하지 않을 수 없었습니다. 독자를 끌어들이는 흡인력이 있었고, 난해해 보이는 이미지가 전혀 낯설지가 않았어요. 특히 '화분 사이의 식사' 가 돋보였습니다. 우리 시대 어느 가족의 한 단면을 보는 것 같아 울컥했거든요. 근데 그게 구체적으로 왜 그래서인지 설명하기는 어려워요.

독자ㄷ 그 시에서 따옴표 안의 말들이 시에 숨결을 불어넣은 겁니다. 한번 읽어 볼까요. 〈 …막내는 영어학원 가서 아직 안 온 거야. 아마 길 건너 게임방에 있을 거야. …아버지 어머니 갈라서실 것 같아요. 각 방 쓴지 오래고요. …대출금 이자 날짜는 왜 이리 빨리 다가오지. …이번 추석엔 막내 삼촌 결혼 이야기 좀 해요. 언제까지 같이 살아요, 집도 좁은데.〉

음. 그리고 시는 따옴표 밖으로 나와 이렇게 끝을 맺습니다. 〈양푼에 어울리지 않는 말들을 집어넣고 섞일 때까지 돌리는 저녁. 서로가 서로에게 조금씩 섞이기도 하고 허물어지기도 하면서.〉라고. 순간 느닷없이 저는 오정희의 단편소설 '저녁의 게임'이 떠올랐습니다. 오정희 소설과는 또 다른 가정의 해체를 보는 것 같아 가슴이 저렸습니다.

독자ㄱ 소설을 읽는 듯한 느낌은 정창준 시인의 시가 더 그렇지요. 개인의 내면적인 일기랄까 기록 같은 시편들, '1974년생'에 판화처럼 찍혀 있는 유소년기의 기억들이 '소문의 사회학'에서 성장소설처럼 자라납니다. 이청준의 소설 '소문의 벽'이나 '언어 사회학 서설'과 또 다른 작가의 몇몇 단편이 혼재된 듯한 산문시인데, 왠지 슬퍼져요. 시의 리듬도 그렇고 이미지가 자꾸 유년기의 모성을 향해 캥거루처럼 껑충거리며 달려갑니다. 어느 시인[4]이 이런 말을 했어요. '리듬과 이미지는 분리할 수 없다.' 라고요. 산문시가 그래서 어려운지 몰라요.

　독자ㄴ 쉬운 듯하면서 난해한 시가 권영해 시인의 시입니다. '난중일기'는 시인이 오랜 세월 추구해온 연작시로 시의 품격을 알고 쓰는 시인이지요. 첫 시집《유월에 대파꽃을 따다》의 난중일기에서는 교실 안을 삶의 전장으로 뒤집어엎을 만큼 신선했던 기억이 납니다. '쇠똥구리 - 난중일기8'은 언뜻 보면 잠언시 같은데 시의 행간마다 인간의 욕망이 쇠똥 경단처럼 커가는 세상을 향해 죽비를 내려치거든요. 할喝! 하고 말입니다.

　독자ㄱ 저도 권영해 시인의 '난중일기' 연작에 거는 기대가 큽니다. 재작년이던가 펴낸 두 번째 시집《봄은 경력사원》에서 '자전거 단상'을 아주 인상 깊게 읽었습니다. 〈달이 체인을 걸고 해를 당기고 있다는 것을〉 같은 유니크한 표현과 시편마다 넘치는 위트와 풍자 때문인지 단숨에 읽었어요. 물론 잘 읽힌다고 해서 결코 가볍고 쉬운 시들은 아닙니다. 아마 난해하기로 누구에게 뒤지지 않을 시인이 권기만 시인이지요. 주체할 수 없을 정도로 맘껏 시어를 구사하며, 우주의 끝을 향해 언어의 로켓을 쏘아 올린다고나 할까요. 한데 솔직히 저는 이 시인을 잘 모르겠어요. 난해해요, 시들이.

4) 옥따비오 빠스

독자 ㄷ '다부' 연작과 '스타게이트'를 두고 하는 말 같습니다. 언젠가 시인의 '악수'란 시를 읽었던 기억이 납니다. 그 후 여러 해 세월이 흘렀는데 최근에는 영화 '스페이스 오디세이 1968년'나 '스타워즈1980년' '인터스텔라2014년'의 스틸 장면이 연상되는 시를 쓰는군요. 시인은 시간과 공간을 쥐락펴락하고 싶은 욕망이랄까 상상의 극한까지, ㄱ님의 말처럼 언어라는 로켓을 쏴 올리지만, 0.0001초도 되지 않아 금방 자신에게 돌아옵니다. 그건 우주도 나도 알고 보면 한몸이기 때문입니다. 악수, 다부, 양자껏, 꽝꽝나무처럼 우리말의 이중적 효과를 노리면서 언어유희의 줄타기를 즐기는 듯해 아슬아슬해 보이기도 합니다. 앞으로 '언어의 도시'에 나오는 컴퓨터가 불원간 폐기 처분될지도 몰라요. 0 아니면 1인 2진법 컴퓨터가 구석기의 유물처럼 되는 겁니다. 큐비트qubit의 원리를 이용한 양자컴퓨터가 사물인터넷과 인공지능로봇을 앞세워 세상은 달려가고 있으니까요. 근데 너무 빨라요, 그 속도가. 그때까지 언어만을 가지고 어떻게 세상을 버텨나갈지 염려되지만 이런 시를 쓰는 시인들이 우리 시의 지평을 넓혀 주는 것만은 사실입니다. 권기만 시인의 시를 읽다가 문득 허만하 시인의 '최후의 풍경'⁵⁾이 떠올라 다시 읽어보았습니다. 선생은 〈수요시 포럼〉 창간호부터 동인들과 교분을 쌓아왔지요. 여전히 현역이신 선생의 풍경 시를 읽으면 시가 아직은 이 세상에 부질없다는[6] 생각은 들지 않습니다.

독자ㄱ 저도 그렇습니다. 허만하 시인과 수요시 포럼 동인들뿐만 아니라 동시대의 모든 시인에게 독자로서 응원을 보내고 싶습니다. 시가 많은 사람에게 위안을 주는 문학 장르이고 인류가 생존할 동안 유효할 거로 생각합니다.

독자ㄴ 그렇습니다, 저도 그래요. 참 좋은 시간이었습니다.

독자ㄷ 그런가요? (웃음) 지금까지 거리낌 없이 얘기 나눠주셔서 고맙습니다. (모두 일어나 인사)

---

5) 최후의 풍경 ('유심' 2014년 12월호에 발표된 시)

6) 여기서 '부질없다'는 정현종의 '시, 부질없는 시' 하고는 다른 뜻으로 쓰인 말임.

권영해

없는 것이 많은 나라

그동안
느닷없는 내가
뜬금없는 일을 더러 당하다 보니
세상에는 터무니없이
없는 것도 참 많음을 알겠다

인정머리 없는
턱없는
싸가지 없는
염치없는
철딱서니 없는
쓸데없는

속절없는
어이없는
두서없는
영혼 없는
정나미 없는
쓸모없는
얄짤없는

그 중에서도
가장 어처구니없는 것은
부질없는 일이
난데없이 일어나는 게
아닌가 한다

슬도瑟島 관람법

일테면 말이다
슬도에서는
파도소리를 음악적으로 들을 수 있는
귀가 있어야 한다
아니,
수평선에 풍덩!
떨어져 내리는 달 소리를
비파소리로 변환해서 들을 줄 아는
눈치가 있어야 한다

몸을 부풀렸던 바다가
숨결을 가다듬고

아련한 등대불빛이
한 잔의 생맥주처럼 싸하게 안겨드는
일몰이 다가오면
그대의 가슴에서는
둥근 물결의 노래가 생성된다

섬끝마을에서는
그것이 사랑가이든
이별가이든, 자장가이든
달빛이 파도를 타는지
파도가 비파를 타는지는
문제되지 않는다

다만
물질하는 해녀가
펄떡이는 맥박을 길어올린 자리마다
어둠에 취해버린 섬들이
다시 별이 되어 떠오를 때
바람이
파도의 현을 퉁기는 소리는

그리움의 속삭임이라는 것쯤은
알고 있어야 한다

지그시 어루만지다

내민다는 것은
무엇인가?

손을 내미는 것은
화해하자는 의미
학수고대鶴首苦待 목을 빼어
애틋한 시선을 내미는 것은
기다림

여기,
쇄항증鎖肛症으로
항문이 막힌 채 태어나
외양간 바닥에 쓰러져

괴로워하는 송아지를
측은히 바라보다가
혀를 내밀어 핥아주는
어미소가 있다

기어코 단맛쓴맛 분간해 내는
깐깐한 혀도
조롱거리가 있거나
비아냥대고 싶을 때
한번 버젓이 내밀어 보일 테지만
절실한 누군가에겐
상처를 어루만져 주는
뜨거움이 되기도 하는구나

하염없이 흘리는 새끼소의 눈물을
마음 하나 내밀어 쓰다듬는
어미소의 혓바닥이
지극히 어리석어 보인다

봄은 경력사원 2

올해도 어김없이
해묵은 엄살이 도지고 있다

이 지독한 열병은
땅끝에서 동시다발로 개문발차開門發車한
묻지마 관광버스로부터
역마다 붉은 몸살
왈칵왈칵 쏟아내며
춘양春陽을 거쳐
춘천春川으로 춘천으로 질주할 것이다

근질근질한 충동질에

국토가 온통

나른한 편두통에 감염되고 있는

춘분 근처

대책 없는 내 가슴은

마구 들쑤셔 놓은 말벌 집 같아

바야흐로

벌꿀보다 흥건한

속수무책의 사랑이

창궐하려나 보다

궤변

산해경山海經에 보면

몸뚱이가 개처럼 생긴 교狡라는 동물은 뿔이 나있고 겉은 표범 무늬가 있는데 한번 나타나면 대풍년이 든다고 하여 사람들은 그를 기다리지만 간사하고 능청스러워 나올 듯 말 듯 애만 태운다고 한다

교의 친구인 활猾이라는 동물은 사람 형상을 하고 있지만 온몸에는 뻣뻣한 돼지털 같은 것이 뒤덮여 있는데 교보다 더 음흉하며 울 때는 도끼로 장작 패는 소리를 내고 세상에 한번 나타나면 큰 난리가 난다고 하여 사람들은 그가 세상에 나오지 않기를 바란다고 한다

그러나

이 둘은 사람들의 눈에 잘 띄지는 않으나 늘 붙어 다니면서

자기보다 큰 짐승을 만나면 몸을 둥글게 말아 그 짐승의 입으로 굴러 들어가 내장을 파먹고 죽인 후에 유유히 걸어나와 아무 일 없었던 것처럼 마주 보고 교활하게 웃는다고 한다

옛날 전설에 낭狼이라는 이리와 패狽라는 이리가 있었다
낭은 앞다리는 길고 뒷다리는 아예 없거나 엄청 짧았고, 패는 앞다리가 없거나 짧고 뒷다리는 길었다 이 때문에 둘은 같이 붙어다녀야 제 구실을 할 수 있었다 늘 협력하면서 사냥을 하였으나 잡은 고기의 맛있는 부위를 간교한 낭이 다 먹는 바람에 불만이 누적된 패가 결별을 선언하게 되었다 끈끈하게 의기투합하던 어제의 친구가 오늘 남남으로 멀어져 걷지도 움직이지도 못하고 걷잡을 수 없는 곤경에 처하게 되니 낭패란, 일이 아주 딱하게 되는 것을 뜻한다

그렇다
남이야 죽든 말든 아랑곳 않고 비루한 이득만을 도모하는 교활들이 버젓이 세상을 활보하고 있으니 이것이 바로 낭패가 아니고 무엇이겠는가?

단추를 채우면서 - 천양희

단추를 채워보니 알겠다

세상이 잘 채워지지 않는다는 걸

단추를 채우는 일이

단추만의 일이 아니라는 걸

단추를 채워보니 알겠다

잘못 채운 첫 단추, 첫 연애 첫 결혼, 첫 실패

누구에겐가 잘못하고

절하는 밤

잘못 채운 단추가

잘못을 깨운다

그래, 그래 산다는 건

옷에 매달린 단추의 구멍 찾기 같은 것이야

단추를 채워보니 알겠다

단추도 잘못 채워지기 쉽다는 걸

옷 한 벌 입기도 힘들다는 걸

　

세상일들이 다 그런 것인가. 단춧구멍 하나가 이토록 큰 울림을 주다니.

옷을 입고 벗어본 적이 있는 사람이라면 알 것이다. 매일매일, 누구나 경험하는 쉽고도 어려운 우리들의 단추 끼우기를.

세상을 바로 채우는 것은 첫 단추를 끼우는 일처럼 경건하고도 힘든 일. 시작이 반이라 하지만 기실 일을 반쯤 끝내지 않고는 시작했다고 할 수도 없을뿐더러 시작이라는 것이 와이셔츠 단추 끼우기처럼 호락호락하지는 않을 것이고 또한 단추를 제대로 끼웠다고 해서 세상이 내 뜻대로 엮이지 않는 경우가 허다할 것이다.

모든 게 생각하기 나름이지만, 시작의 설렘이여. 인간사 쉬운 일은 하나도 없다. 근근이 기어다니던 어린애가 걸음마의 시도 끝에 첫발을 떼는 일 또한 얼마나 두려우며 설레는 일인가. 사회 초년병의 첫 출근, 이제 막 사춘기를 겪은 이의 첫 사랑, 훈련의 진한 땀을 쏟은 뒤에 막 상대와 자웅을 겨루는 첫 출전… 처음이라는 단어가 생성해내는 신선함과 두려움은 혹

시 아찔한 어둠의 터널을 지나 희열을 완성하는 번지점프 같은 것은 아닌지.

잘못 채운 것은 다시 벗어 바로 끼우면 되는 것을, 아집이나 독선으로 그릇된 길을 가고 있는 사람들을 주위에서 더러 보게 된다. 문제는 잘못 채워진 단추가 당사자보다 타인의 안녕이나 공공질서의 자연스런 흐름에 심각한 피해를 줄 수가 있다는 데 있다. 구밀복검이나 표리부동한 심보로 남을 속이고 자신을 기만하며 급기야 순진한 사람들을 울리는 야비하고 교활한 자들이 오히려 이 세상을 씩씩하게 살아간다. 영악하게도 알량한 자리보전을 위해 권모술수하고 제몫 챙기기에만 혈안이 되어 이전투구하는 무리들, 교언영색과 호가호위하는 자들이 숱하게 거리를 활보하고 있는 것이다. 그들은 당당하게도 부끄러움을 모르며 우리가 자신들의 눈속임을 감지하지 못 한다고 착각하는 자들이니 이것은 동서고금에 있어온, 그러나 있어서는 안 될 세태의 잔혹사.

이들은 단추를 제대로 끼우지 않은 것은 물론 아예 단추를 거꾸로 끼움으로써 수준이 부쩍 높아진 관중들로부터 눈총과 손가락질을 받아 마땅한 인물들이다. 여기서, 내가 나에게 좀더 냉정하게 말하자면, 나는 혹 그들의 주위에서 서성이지는 않았는지, 아등바등 내 앞길을 위해 다른 사람들을 밀치지는 않았는지 좀 더 철저하게 반성해야 하리라.

잘못한 일은 누구나 용서받을 권리가 있다. 인간은 언제든 실수를 할 수 있는 존재이므로 즉시 잘못을 인정하고 바른 스탠스를 취한다면 어떤 과오라도 정상 참작할 수 있을 것이다.

그래, 생각보다 만만찮은 내 인생의 단추 채우기여.

나는 과연 단추를 제대로 끼우고 살아가고 있는가. 지금이라도 내 삶을 다시 한 번 반추하고 성찰해야겠다. 그리고 어떤 방법으로든 재정비해야 할 것 같다.

권주열

눈 속의 바다

눈은 어디나 닿는다, 닿고부터 본다
도착하기도 전에 닿아있다
수평선까지 눈동자가 납작하게 달라붙는다, 달라붙어
사물의 형체를 압수한다 파도를 ,배를 , 구름을
어떤 입회자도 없이
압수가 시작된다

바다는 닿기도 전에 닿아있다
제가 미처 닿은 줄 모르고 닿아있다
넘치는 전리품들,
거울처럼 내부를 들추거나
군함 같은 침묵도 없이, 단지

커다랗게 떠 있다

눈에 속박되지 않는 것은 불안하다
손은 더듬지만 늘 출생이전 같아,

눈을 감으면 눈 뒤로 그물을 던지고
그물을 말아 올리는 무엇인가 침몰되고 있다

사물연습 V

- 냄비

냄비가 이상하다. 모든 냄비의 속성에 대해 말하는 게 아니다. 지금 내 눈 앞에 있는 저 냄비에 대해, 오래된 냄비에 대해, 내가 오래 사용해서 한쪽 구석이 쭈글쭈글하고 시커멓게 그을린 채, 여기저기 자국이 남은 저 냄비는 내

모자가 되고 싶어 한다. 처음엔 말도 안 된다며 피씩 웃다가, 무엇보다 나는 모자를 좋아하지 않는다고 딱 잘라 떼다가, 어쩌면

움푹 팬 것이 모자가 될 것 같기도 하고 한때 저 속의 내용물을 틈틈이 내 입 속에 넣었듯 이제 냄비에 오롯이 내 머리의 기억을 담을 수도 있겠다는 생각도 했다.

언제부턴가 나는 모자에 담겨 있다.

펄펄 끓을 때도 있다.

우산

발명 때문에 외출을 한다. 비는 오래전에 우산이 발명했다. 우산의 높이에 비의 길이가 접속된다. 우산을 소지한 사람들이 모두 발명가는 아니다. 비는 우산의 가능성,

머리 위에 발명품을 얹는다. 구름 냄새가 난다. 구름을 씌운 상상에서 구름만 지운다. 상상 속으로 뛰쳐나오는 비, 비가 목례한다. 요즘도 우산을 쓰십니까. 나는 여태껏 잘못 살았어요. 구름은 발명을 싫어해요. 여전히 옛날 방식만 고집해요. 여름 장화처럼 비가 올 때까지 그저 죽치고 있어요.

사람들은 커다랗게 펼쳐진 날개꽁지를 잡고 따라 나선다. 허공 한 쪽에 공장 입구가 보이기 시작한다. 조립보다 해체가

더 쉬운 비, 우산 아래로 볼트 너트처럼 풀린 비가 굴러다닌다.
물로 해체되는 순간을 보고 있다.

저문 꽃들

언제부턴가 귀에서 앵앵 소리가 난다
미처 빠져나오지 못한 말의 죽데기라도 남았을까

병원 마당을 지날 때
저문 꽃들이 귀처럼 달려있다

꽃은 말을 하지 않고 옮겨 붙는 방식이다

오래전에 죽은 아버지처럼
말이 부재하며 피어있다

누구나 말의 바깥을 서성인다

무덤 같은 귀

아버지는 환하고 꽃은 어둡다

수평선 치킨

목 맨 친구의 두 다리가 흔들흔들 떠오르다가 사라진다. 구

름이 끈을 가린다. 기다란 끈은 언제나 구름 속에서 나온다.

창밖으로 하염없이 풀어지는 끈, 축 늘어진 다리가 풀린다.

풀린 다리 출렁이며 치킨 점 의자에 앉아 닭다리 뜯다가,

다리 저는 다리를 슬쩍 내려 보다가, 소와 돼지 다리만 걸린

식육점을 생각하다가, 입에 들어간 닭다리처럼, 오랫동안

불편한 다리 되어준 친구의 다리, 다리를 씹는다, 씹으며,

구름 대신 여전히 투명한 밧줄을 걸고 창밖으로 떠다니는

우산, 다리들이 녹고 있다.

랑겔한스섬의 가문 날의 꿈 - 이형기

나 어느새 예까지 왔노라

가뭄이 든 랑겔한스섬

거북 한 마리 엉금엉금 기는

갈라진 등판의 소금 꽃

속을 리 없도다

실은 만리장성으로 끌려가는

어느 짐꾼의 어깨에 허옇게

허옇게 번진 마른 버짐이니라

오 박토薄土여

반쯤 피다 말고 시들어버린 메밀 농사와

쭉쭉 골이 패인
내 손톱 밑의 반달의 고사枯死여

가면 가는 그만큼
길은 뒤에서 허물어지나니
한 걸음 뗄 때마다 낭떠러지 하나씩 거느리고
예까지 온 길 랑겔한스섬

꿈꾸는도다 까맣게 탄 하늘
물도 불도 그 아래선
한줌 먼지 되어 풀석거리는 승천의 꿈
랑겔한스섬의 가문 날의 꿈이니라

　가슴에 와 닿는 시들이 어디 한 두 편이랴. 하지만 위의 시
가 유독 떠오르는 것은 감명도 감명이지만 삼십년도 지난 내
아스라한 추억도 함께 묻어있기 때문이다.

　대학 1학년 때 쯤 같다. 두근거리는 가슴을 안고 가끔씩 이
형기 선생님을 찾아뵈었다. 그 때마다 신통치 않은 몇 편의 습
작을 들고 간 것 같다. 내 습작에 대해선 빙그레 웃을 뿐 별 말

쓸이 없었다. 그런 어느 날 선생님께서 다짜고짜로 랑겔한스섬이 어디 있는 섬인지 아느냐 - 고 물었다. 나는 순진한 약대생답게 우리 몸의 체장에 섬처럼 떠 있는 내분비샘 조직이라고 모범답안을 내놓은 기억이 난다. 그런데 요즘 그 때의 표피적 대답을 생각하면 겸연쩍기 그지없다. 어쩌다가 웅크린 섬같은 쓸쓸함이 몰려올 때, 정확히 어딘지는 모르지만 아프리카의 마다카스카라처럼 랑게르한스섬에 가고 싶다. 이제는 그것이 더 이상 몸속의 조직이 아닌 어느 먼 나라 지도에도 없는 섬 하나로 떠 있다.

그런데 위의 시가 탄생한 배경의 중심에는 허만하 선생님을 빼놓을 수 없다. 그 당시 이형기 선생님과 허만하 선생님이 부산에서 자주 어울렸다. 요즘 말로 '절친'인 셈이다. 어느 날(그 때 허만하 선생님은 부산 메리놀 병원 병리과장을 하고 계셨다) 허만하 선생님이 직접 현미경 초점을 맞추며 이형기 선생님에게 체장조직과 그 가운데 희멀겋게 떠 있는 랑게르한스섬을 보여주면서 인슐린과 연관 관계를 설명한 적이 있다고 한다.

위의 시를 읽으면 눈치 챌 수 있겠지만 아마 그 때 이형기 선생님은 당뇨병을 앓고 있었던 것 같다. 이 시를 대할 때마다 자신의 질병조차도 시적 감수성의 먹이로 삼는 그 치열함에 숙연해지곤 한다.

김익경

배후

베르테르 씨는 우주와 지구의 연약지반에서 배후의 바이러스를 추출했다 숨은 일각에 매달려 있고 목줄을 조여 오는 발을 보았다 목을 삐끗해 손발을 내어놓는 낯설음은 흔한 일이었다 그러나,

그는 사역동사였다 손이 손으로서 발로서 목을 지탱하는 일은 온전한 지령이다 가령, 숨을 거두기 위해 지구의 절단면을 찾아가 우주 끝자락에 끈을 매다는 일, 간밤엔 별일 없었죠

길에서 길로 들어서는 길에도 네가 있었다
길 아닌 길이어서 접어드는 길
바퀴는 늘 바르지 않다

네가 나를 끊는 일은 결국, 너의 농간이다

육수 레시피

오른팔을 떼어내 믹스기에 넣어요
때론 그것이 발이거나
도마 위의 수평선을 잃어버린 새우였는지도 몰라요

골목에서 태어난 펭귄들을
쏟아내는 건
국자만이 아니죠

칼집을 내줘요
공기에 맞서는 것처럼
밑바닥은 맵군요

눈알이 수직으로 튀어 오르는 시간,
도주의 적정온도죠

땀에 젖은 12월의 달력과
단단한 오후의 점, 선, 면 따위

오늘은 맛있는 죽음을 맛볼래요

귀가

언제나 반듯한 책꽂이처럼
비오는 금요일 저녁의 체중 같은
어긋난 길을 만들지, 우리는

계단의 가쁜 숨소리엔
송곳니가 자라도 그만이겠지만
립스틱을 빼는 시간
집들은 쭈뼛하게만 자라난다

회전문의 속도가
속눈썹의 기울기만큼 느려질 때
독한 뼈대를 씹는 일은

나보다 먼저
배달되어 오는 새벽처럼
늦도록 흔한 일이다

곱슬머리 행성이 째려보는 북극이
삐딱하다

신연금술

두개골을 가른다 스톨리치나야를 마시며 부기를 기다린다
그 사이 머리뼈가 녹아내리고 독주의 염증이 생기기 시작했다
감염과 합병증의 술잔을 비운다 온전히 남은 한쪽 머리뼈를
빗질한다 플라스틱으로 두개골을 만들고 갈아놓은 갈비뼈에
60℃의 밀가루를 배합한다 고환 같은 새알심을 광대뼈에 넣는
다 그 사이 몇몇의 장구꾼이 지상에 내려왔을지 모른다

티타늄 알갱이들이 레이저를 맞으며 발기되고 접신의 입자
들이 땀에 젖었다 그 사이 불안한 생물학적 세포들이 장기에
주입되고 한기가 느껴지고 있다

무너진 두개골과 반쪽의 얼굴들이
불현듯 바쁘다

오지여행

걸을 수 없었다

어깨가 깨져

우리는 서로의 정강이를 걷어찼다

핼러윈데이

머리는 두고 머리카락만 가지고 가는

팬티만 걸치고 가는

벨트를 풀고

챔피언만 가는 나이트가 있다

부비부비

그녀의 뒤에 서서

척추는 있고 등이 없는 나는
배는 없고 허리만 있는
그녀가 머리를 찢고 있다

허벅지는 있고 엉덩이가 없는
귀는 없고 달팽이관만 있는
두덩만 있고 털은 없는

발가락을 두고 발바닥만 가지고 간다
손은 두고 손가락만 가지고 간다
기린이 가는 나이트클럽이 있다
라오스에는

바람 부는 날 - 박성룡

오늘따라 바람이

저렇게 쉴새없이 설레고만 있음은

오늘은 내가

내게 있는 모든 것을 여의고만 있음을

바람도 나와 함께 안다는 말일까

풀잎에

나뭇가지에

들길에 마을에

가을날 잎들이 말갛게 쓸리듯이

나는 오늘 그렇게 내게 있는 모든 것을

여의고만 있음을

바람도 나와 함께 안다는 말일까

아 지금 바람이
저렇게 못견디게 셀레고만 있음은
오늘은 또 내가
내가 잃은 모든 것을 되찾고 있음을
바람도 나와 함께 안다는 말일까

고등학교 때다. 이 시를 외우고 바람 부는 날이면 어김없이 누군가에게 혹은 스스로에게 들려주곤 했다. 바람이 몹시 부는 날에만 생각났다. 바람이 흔들리고, 마음이 흔들리고, 몸이 흔들리는 시간, 나는 왜 그렇게 흔들려야 하는지, 바람이 야속하고, 내가 야속했다. 바람만이 나를 알아주는 듯해 바람에게 늘 부끄러웠다. 그래도 나를 알아주는 바람이 있어, 나와 함께 해주는 바람이 있어 위안이 되었다. 그렇게 이 시는 내 속으로 왔다.

나는 아직도 첫 연에 멈춰 있다. 나는 아직 '내가 잃은 모든 것을 되찾고' 있지 못하다. 바람이 이런 나를 알까. 모든 것을 잃어야 모든 것을 얻을 수 있는 것일까. 잃지 않으려는, 내어놓지 않으려는, 비우지 않으려는 악마가 나에게 있다. 나를 여의

고 세상을 여의는 용기가 나에게는 없다. 바람은 그런 용기를
갖고 있다. 인정 사정 봐주지 않는다. 짓궂게 잎사귀 같은 치마
를 들치기도 하고 세상을 삼키기도 한다. 그렇게 바람은 가까
운 듯하면서도 나를 허락하지 않는 먼 존재다.

나는 늘 못 견딘다. 못 견디게 설렌다. 쉴 새 없이 설렌다. 늘
바람이 분다. 바람만이 나를 안다. 그런데 나는 바람을 모른다.

·
김
주
영
·

〈울산신문〉 문화부 기자

본 궤도에 오른 '푸른 행성의 질주'를 응원하며

이번 원고를 청탁 받은 건 6개월 전. 넉넉한 여유가 있었지만, 더 좋은 글을 쓰겠단 핑계로 약속 보다 늦게 마감을 하고 말았다. 제 때 마감하기가 밥벌이인 사람이 이렇게 시간을 끈건, 원고 쓰기가 그만큼 긴장되고 어려웠기 때문이었음을 먼저 고백한다.

지금도 사실 이 글을 쓸 자격이 되는지 모르겠다. 이럴 줄 알았으면 처음부터 원고 청탁을 거절했어야 하는데. 데드라인 수위가 목젖까지 찬 지금, 이런 생각은 늦어도 너무 늦었다.

게다가 내 감수성과 기억력을 너무 믿었던 탓인지 처음 수요시 포럼의 제11집 《캥거루의 밤》을 읽었을 때의 감흥은 온데간데없고. 다시 잡은 책 속 시들은 또 다른 시들이 돼 있었다. 아니 처음엔 그 진가를 보지 못했던 시들까지 새삼 다가왔다는 게 더 정확한 표현이겠다.

어쨌든 스스로도 이런 부담감을 갖고 쓰는 글이니 부족한 부분이 있더라도 넓은 아량으로 이해해 주길 바란다.

지역 문단의 한 지평 개척한 동인

우선 수요시 포럼의 작품과 2002년 동인 결성 후 보여준 지난 행보는, 적어도 이 동인이 지역 문단에서 새로운 모범으로, 한 지평을 개척했다고 평가해도 부족함이 없을 것이다.

특히 지난해 말 출간된 《캥거루의 밤》은 여타 지역의 시 동인지들과는 다른 예민한 시적 정서와 신선한 실험적인 시도 등을 만날 수 있어 너무 반가웠다.

생경한 주제와 비유, 행간마다 생각할 거리가 있어 처음 받아든 순간부터 몇 번이나 뒤적거리며 시집을 봤던 게 기억이 난다.

특히 젊은 축에 속하는 권기만, 권주열, 김익경 등의 시는 신선한 면에서 먼저 눈에 들어왔다. 시공간을 초월해 미지의 우주 공간으로 독자들을 데려다 놓는 듯한 권기만의 시가 대표적이다.

몸속 만 평의 청보리를 밟으며 우주의 중심으로 미끄러질 땐 눈을 감는다 보는 순간 맘속 모든 어둠이 소멸한다는 퀘이샤, 처녀자리 은하단에 도착하면 정중하게 헬멧을 벗고 고개

를 숙여야 한다 기억의 꼭짓점에서 갈라진 후 137억광년 만에

잡아보는 손, (…후략…)

- 권기만, 〈다부1 우주학교〉

서정성 기반으로 깊이, 연륜 갖춘 작품도

반면 몇 번을 읽다보니 서정성을 기반으로 시 속에 우리 삶
이 그대로 있는 듯한, 연륜이 묻어나는 작품들이 마음을 더 울
렸다. 윤향미의 '마지막 퇴근길'이 특히 와 닿았는데, 마지막
퇴근길에서 왕년의 나를 떠올리게 되는 이 시는 탁월한 비유
도 너무 좋았고, 고된 인생의 단면들을 그려내 개인적으로는
위로를 받는 느낌이었다.

상처입은 길들을 돌돌 말아서

등짝에 붙이고 집을 오른다

천근만근 넘는 두 다리도 이런 날엔

허리춤에 얹어서 느린 퇴근을 한다

(…중략…)

다행인 것은 여기까지 서로를 모시고 온

집채만한 등껍질이 있다는 것

- 윤향미, 〈마지막 퇴근길〉

이외에도 윤향미는 고장난 벽시계처럼 스러져 가는 것, 늙은 애완견과 주인의 인연처럼 겉으로 간파되지 않는 일상의 안쪽 세계를 그리며 거기에 의미를 부여한다.

강봉덕의 '고양이가 골목을 읽다' 나 '화분 사이의 식사' 에서도 시인들이 포착한 우리 삶의 모습들이 잘 드러난다.

인생에서 깨달은 바를 가감 없이 전하는 권영해의 시편들 역시 삶에 대한 깊이와 연륜이 느껴진다.

세상을 구르게 하는 힘은

미는 것이 아니라

근심을 놓아 버리는 일

굴리고 굴릴수록/ 바퀴가 구르는 것이 아니라

쇠똥 경단만 덕지덕지 커질 뿐

내가 아니면

무언가 굴러가지 않을 거라는

그 치명적 착각마저 붙들어 매시라

- 권영해, 〈쇠똥구리〉

다양한 문학적 관심사 넓어

동인들의 문학적 관심사나 범위가 넓음을 보여주는 작품도 눈길을 끈다. 클래식 고전 등 음악과 기독교 신앙, 계림 등 경주의 문화유적에 심취해 서정의 깊이를 더한 김성춘의 작품이 우선 그렇다.

또 아프리카 여인들의 비참한 삶을 사실에 근거해 탁월한 비유로 드러낸 이원복의 '아프리카 여인들' 같은 작품도 있다. 주제는 다르지만, 이원복의 〈산부인과 닥터 M〉은 가독성이 있고 잔인하리만치 정확한 비유로 전달하는 메시지가 크다. 이런 시들은 난해함과 별개로 가독성을 높이며 대중성도 확보해가는 시단의 최근 경향을 보여주는 것 같다. 정창준의 〈소문의 사회학〉이나 〈1974년생- 울산, 신정동〉 같은 작품도 우선 읽기에 재미가 있어 이런 경향이 느껴진다.

치열한 창작의 증거가 된 시작노트

특히 제11집에서 마음에 들었던 건 시작노트와 산문. 작품 말미에 달린 이 둘은 시인들의 작품세계를 이해하는 길잡이가 되는 한편 동인들이 어떤 마음으로 시를 대하는지 독자 입장에서 그 치열한 열정을 엿볼 수 있는 장이 돼 너무 좋았다.

예로 김익경의 시는 그 자체로 보면 일단 풍자와 비유가 돋보이지만, 작품이 얘기하려고 하는 메시지는 선뜻 와 닿지 않는다. 그러나 시작노트를 읽고 나면 시인의 의도가 시가 왜 꼭

명확히 이해되어야 하는가, 그 의문 자체에 있음을 알게 된다. 정해진 가치를 의심하는 게 바로 시 아니던가.

또 김성춘의 산문은 탄탄한 동인들의 문학적 기반을 단적으로 보여주는 예 같고, 강봉덕의 시작노트에선 시에 대한 절실한 마음이 읽힌다.

글 한 편이 그저 아름답다란 생각이 드는 정창준의 시작노트는 앞으로 수요시 포럼이 나아가야 할 길 자체를 제시하고 있는 것 같다.

나는 아무도 없는 곳으로 가려 한다. 그 곳에는 독자도 대중도 환호도 비판도 없을 것이다. 대신 단 하나의 독자만이 있을 것을 확신한다. 자작나무가 소나무의 푸름을 배우지 않듯, 잠자리가 나비의 날개짓을 흉내내지 않듯, 우물이 강물을 흐름을 욕망하지 않듯, 나는 배우려 하지 않고 닮으려 하지 않을 것이다.

그가 말한 대로 모든 예술과 우리 인생의 목표는 결국 단 하나, 나의 얘기를 쓰는 데 있지 않을까. 그렇다면 이런 자세를 선언한 동인과 이를 행동으로 보여주고 있는 수요시포럼의 행보는 여타 동인과는 차별화된 시도로 그 길을 제대로 걸어가고 있다는 생각이 든다.

차별화된 행보로 지역 문단 견인하길

그동안 사실 지역의 일부 동인지들은 안주와 나태에 빠져 독자들은 물론 문인 스스로에게도 외면 받아온 게 사실이다. 매년 시 지원금을 받아 낸 책 속에는 과거 어느 한 시대에서 멈춰버린 듯한, 새로울 것이라곤 전혀 없는 상투적인 작품이 연이어 나올 때도 많았다.

심지어 표지나 구성도 매해 똑같아 표지 앞 숫자만 가리면 그게 올해 나온 책인지 수년전 나온 책인지 가늠이 안 될 정도의 책들도 있다. 물론 오랜 기간 동인지를 발간해 오는 일에는 여러 현실적인 어려움도 뒤따랐을 것이다. 그러나 날로 새로워지고 깊어져야 할 문학지가 의례적으로 매년 반복에 불과한 공산품이 된 것은 너무 슬픈 일이다. 특히 치열한 창작정신 보단 시를 쓰는 게 마치 하나의 액세서리가 된 것 같은 일부 문인들의 동인지를 볼 때면 착잡한 마음마저 들곤 한다.

소수의 편협하고 폐쇄적인, 사적인 이익을 먼저 추구하는 운영방식이나 새로운 발전을 위한 고통은 거부하는 모습 등을 볼 때도 마찬가지다.

다행히 수요시 포럼은 이런 일부 지역 동인지들의 전철을 밟지 않고 2002년 창단 후 이번 12집에 이르기까지, 오로지 시 창작을 우선으로 매번 다양한 주제와 시도들을 해왔다는 것부터가 박수 받을 일이란 생각이 든다. 2011년 권기만, 정창준, 2012년 김익경, 2013년 강봉덕, 2014년 이원복 시인 등 수년간 젊은 시인들을 영입해 신구의 조화를 꾀한 것 역시 역량강화에 주효한 결정이었다고 본다. 전국 규모의 전문출판사에서 출판을 하는 등 지역을 탈피하려는 노력도 높이 산다.

안타까운 건 이번 글을 쓰기 위해 수요시 포럼의 전작을 찾은 결과, 한두 권을 제외하곤 찾기가 어려웠다는 점이다. 그래서 이번 글에서 과거 수요시포럼의 행적은 제대로 담질 못했다. 동인들의 역사나 지역 문학사의 한 기록으로 남기기 위해서라도 전작들 역시 지역 대표 도서관들에서 볼 수 있었으면 하는 바람이다.

앞으로도 수요시 포럼의 실험적인 시도와 창작에 대한 욕심이 얄팍한 혀의 읊조림에서 그치지 않고, 독자들에게 깊은 감동과 메시지를 남기는 등 진솔하게 다가가 지역의 다른 동인지를 견인하는 좋은 본보기가 됐으면 좋겠다.

지금은 지역의 동인 문화가 많이 침체돼 있지만, 수요시 포럼의 이같은 진취적인 패기와 성과가 한 계기가 돼 언젠가는 향후 많은 동인지들이 각자의 위치에서 시 문학의 빛을 밝히고, 현재 지역 문단의 시대정신을 보여주는 날이 오게 되길 바란다. 본궤도에 오른 '푸른 행성의 질주'를 그래서 더 응원한다.

· 이
원
복 ·

스트랜딩

검은빛 고래의 등은 아직 바다를 그리워하며 바다 쪽으로
굽어있지만
고래가 돌아누워 바라보는 뭍은 바다를 밀어내고 있다

그들 역시 바다 속에서는 그렁그렁한 눈으로 뭍을 그리워했
을 것이다
그러나 그들이 죽음을 생각하고 웅크려 지내던 바다는
멀리멀리 뭍을 밀어내고 있었을 것이다

마지막 할 말이 있는 듯 입을 벌린 고래를
바다로 밀어내는 사람들
고래가 아닌 바다를 밀어내는 사람들

귀를 잘라 묻어버린 뭍은
더 이상 바다의 비밀을 들어줄 귀가 없다

바다 속은 끔찍했고 고래는 오래 잠들 수 없었다
살기위해 수시로 수면 위로 떠올라 고래는 숨을 토해냈지만
견딜 수 없이 우울한 음역대의 음파로 변환된 아이들의 울음소리가
결국 고래들을 이 뭍으로 밀어낸 것이다

마지막 약속을 지키듯 뭍으로 나온 고래의 뱃속
숨은 요나의 침묵을 뱉어내듯 마지막 한숨을 내뱉으러 나온
저 고래들
포유류의 생존 본능을 거스르며 뭍을 선택해야 했던
고래의 뼈아팠던 굳은 결심을 외면한 채 사람들은
다시 고래를 밀어내고 있다
아니 저 바다를 밀어내며 중얼거린다

돌아가, 괜찮아, 바다가 널 지켜줄거야

부고訃告

매일 아침 그가 누웠던 마지막 자리를 지나간다
때로 무심하게 때로 격정적으로

어쩌면 그가 마지막으로 긴 호흡을 몰아쉬었을
마지막으로 밤하늘의 반짝이는 별들을 눈에 담았을
이 자리를 지날 때마다
나는 나의 퇴폐적인 속도를 줄인다

경건함이란 잠시 속도를 줄이는 것
그 속절없는 속도에 굴하지 않는 것
빠른 걸음으로 지나쳤던 나의 풍경들은
얼마나 세속적이며 또 음란한 표정으로

나의 뒤통수를 바라보고 있는지
이 자리를 지날 때마다 나는 생각한다
나의 죄는 또 어디서 반복되고 있을까
그가 이 자리에서 마지막으로 떠올렸을 장면은
또 어디서 재생되고 있을까

이 자리를 지날 때마다 보인다
차가운 밤의 세포가 그의 육신에서 어두워져갈 때
하늘에서 그가 누운 자리로 내려왔을 사닥다리 하나,
오르고 내리길 몇 번이나 반복했을
그의 어긋난 환도뼈가 말해주는 그의 처절했을
마지막 망설임

오늘도 무심하게 속도를 내며 지나가는
저 감정 없는 수레바퀴 밑으로
안식하고 있는 앉은뱅이 그림자들
그의 마지막 자리 건너편 현수막이
그의 부음를 계속 알리고 있을 뿐

'위험! 사망사고 발생지점'

화석化石
- 육교슈퍼

하루일당으로 막걸리를 사들고 골목을 들어서던
노부老父의 나약한 기침소리가 바닥에 주저앉은 채
자박자박 오르막길 오르던,
백열전구 하나로 좁은 골목을 밤새 발갛게 달구던
이곳 어귀에 육교 하나 있었다는 것을 기억하게 하는
육교가 없는 육교슈퍼

이따금 사내들이 내지르는 탁한 파찰음의 욕설이
사내들의 목울대를 흔들 때 목에 손을 대며
태초에 아담이 죄의 진노를 삼키지 못해
한입 베어 물다 목에 걸렸다던 그 열매가
사과였을 수도 있다는 것을 지금은 그 흔적을

이름으로만 짐작하게 하는
육교가 없는 육교슈퍼

오래 가부좌를 틀고 앉아있다 보면
통증이 올라오는 꼬리뼈를 문지르며
인간이 직립보행을 시작한 이래
몸을 곧추세우자 우리의 몸에서 점점 사라진
꼬리가 있었다는 것을 지금은 그 흔적을
이름으로만 짐작하게 하는
육교가 없는 육교슈퍼

학성공원 앞 육교가 철거되고
나의 고단했던 하굣길 저녁도 함께 철거되었지만
골목으로 들어서면 수십 년을 쏟아 부은
골목가득 베인 막걸리 냄새를 맡으며
출근길 엎드린 노부의 마지막 뒷모습을
자꾸만 계단 위로 끌어올리던 육교 하나,
이 골목 어귀에 있었다는 것을
지금은 이 동네의 화석같이 쓸쓸히 자리에 남아
추억하게 하는
육교가 없는 육교슈퍼

문득,

문득, 문득이라고 중얼거리자 머릿속에 떠올렸던
몇 개의 문이 생겼다

하나의 문,
사람들마다 꼿꼿이 세운 어깨뼈 위에 서로의 가슴쇠를 겨누며
지나가는 저녁의 거리 한가운데 문 하나,
그 문 주위, 안과 밖을 구분 못해 어지러운 발자국에
각각 잃어버린 신발을 찾아 신겨주자
사람들 각자의 방향 따라 어깨 돌려 문턱 앞에 슬며시
자신의 무릎을 들어 올린다
그 때 각자 가슴 속에 불규칙적으로 엉겨있는 불확신의
침전물들이

수직으로 무릎까지 타고 내려와
잠시 무릎연골 미세한 그물구조에 한 번 걸러진 후
다시 문턱을 넘어 가볍게 무릎을 내린다
문득, 사람과 사람사이 무릎의 무게를 가볍게 만들어주는
문 하나

또 하나의 문,
당신과 나는 너무 어렸다 어린 것이 죄가 되었던 시절
우리의 겉옷은 누추하고 좀먹었으나 결코 벗지 않았다
벽에 박힌 못은 녹슬어 우리의 겉옷을 지탱해야 할 지구의
중력으로부터
이미 자유롭지 못했으므로 벗어 놓을 수가 없었다
우리는 그 못을 우리의 분신처럼 가여워 했으나
때로 그 못으로 하루의 끼니를 때워야했고
그렇게 저어하던 시간의 끝없는 하혈 속에 방치된
우리의 녹슨 영혼들이 속수무책 한 시절의 배수구로 방류되
고 있었다
소용돌이 속으로 빨려드는 영혼들이 울컥 뱉어내는 녹슨 못들
문득, 그 때 문 하나만 있었다면,
사라지는 영혼들을 붙들 수 있었을 시간과 시간 사이

문 하나

또 하나의 문,
큰일이다 옷장 문을 다 열 수 없다. 옷장 문을 열면 내장이
쏟아지듯 나의 허물들이 쏟아졌다
그러면 냄새를 맡은 맹수들의 울음소리가 옷장 안에서 들렸다
이를테면 벌거벗은 채 저녁을 맞이하는 사바나에서의 경건함
나는 얼른 옷장 문을 닫는다
라흐마니노프 3악장을 듣는다
비극적 아름다움, 내가 내린 결론
라흐마니노프의 낡은 옷장 문을 열면 빈 옷걸이들
그의 허물들은 옷장 속을 빠져나가 음표에 입혀졌다
옷장 속 빈 옷걸이들도 음률을 입은 채 정렬되어 있다
옷장 속에서 피아노 소리가 들릴 때까지
나는 나의 옷장 문을 다시 열 수 없다
나의 옷걸이들이 음률에 일정하게 들썩일 때까지
나를 의지하게 하는 문 하나
문득, 소리와 소리를 막아주고 이어주는
문 하나
문득, 문득이라 중얼거리자 머릿속에 떠올렸던
몇 개의 문이 생겼다

중환자보호자대기실

이곳은 공중정원
적당히 어두운 조명아래 기울어진 소파가 떠 있고
하루 종일 음소거 된 TV가 떠 있고
이따금 TV화면 아래로 흐르는 보호자호출 자막이 떠다니는
벌레처럼 꿈틀거리며 잠자는 사람들이 떠 있고
그들의 가슴 속을 기어 나온 슬픔의 부유물들이 제 것이
아닌 양
외면당한 채 떠다니는 공중정원

순서도 없이 한 줄로 늘어선 불안함이 주저앉아
반찬통에 묻은 밥알처럼 말라붙어가는 공간 속
표정 없는 사람들의 집에서 가져온 숟가락에만 표정이

묻어 있는
단 한 번의 외출로 어떤 사람은 마중을
어떤 사람은 배웅을 위해 뛰어내려야 하는 공중정원

새들도 찾아오지 않는 무겁고 탁한 공기 속을 휘저으며
사랑하는 가족의 이름을 반복해서 속으로 부르다
그 이름 석 자에 곧 반사적으로 뛰어내려야 하는
이곳은 처음부터 지상에 안착하지 못한 인생을 등 떠밀어내는
불안한 공중정원

세한도 - 박현수

1

어제는

나보다 더 보폭이 넓은 영혼을

따라다니다 꿈을 깼다

영원히 좁혀지지 않는 그 거리를

나는 눈물로 따라갔지만

어느새 홀로 빈 들에 서고 말았다

어혈의 생각이 저리도

맑게 틔어오던 새벽에

헝클어진 삶을 쓸어올리며 나는

첫닭처럼 잠을 깼다

누군 핏속에서
푸르른 혈죽血竹을 피웠다는데
나는
내 핏속에서 무엇을 피워낼 수 있을까

2

바람이 분다
가난할수록 더 흔들리는 집들
어디로 흐르는 강이길래
뼛속을 타며
삼백 예순의 마디마디를 이렇듯 저미는가
내게 어디
학적鶴笛으로 쓸 반듯한
뼈 하나라도 있던가
끝도 없이 무너져
내리는 모래더미 같은 나는
스무 해 얕은 물가에서
빛 좋은 웃음 한 줌 건져내지 못하고
그 어디
빈 하늘만 서성대고 다니다

어느새
고적한 세한도의 구도 위에 서다

이제
내게 남은 일이란
시누대처럼
야위어가는 것

  고등학교 겨울방학 때 내 생애 첫 아르바이트였던 신문배달
을 잠깐 했었다. 처음 며칠 배달 일을 배울 때 배달사고가 나지
않도록 나는 신문보급소 소장 뒤를 따라다니며 내가 배달해야
할 집들의 특징과 주소 등을 수첩에 꼼꼼히 적어가며 머리에
기억해나갔다. 그러나 곧 알게 되었다. 신문배달은 수첩에 적
고 머리에 골목골목을 저장한다고 실수없이 잘 할 수 있는 일
이 아니라는 사실을. 몇 번을 반복하며 내 몸이 의지적으로 움
직여가며 내 몸이 저절로 알아가도록 직접 몸으로 익혀야만
잘 할 수 있는 일이라는 사실을. 어디 신문배달만 그럴까? 세
상의 모든 일이 이론과 지식뿐 아니라 계속되는 반복과 경험
과 감동이 있어야 잘 할 수 있는 것이라는 나름의 철학을 스스
로 체득해가던 그 무렵. 어느 날 내가 배달하던 신문에서 말로

만 들었던 新春文藝라는 한자를 처음 발견하게 되었다. 그리고 그 때 내가 배달하던 신문의 신춘문예에 한 당선작을 읽게 되었는데 그 시가 바로 박현수 시인의 '세한도'였다. 이 시는 그때까지 내가 교과서와 서점 좌판에 깔려있던 이른바 하이틴 시집에서 읽고 외웠던 시들과는 전혀 느낌이 다른 그야말로 '나보다 보폭이 더 넓은 영혼' 같은 매력적인 시였다. 이 시에 매료되어 그 때부터 나는 본격적으로 신춘문예 당선작을 비롯해 각종 문예지에 실린 시들을 도서관에서 찾아 읽으며 점점 그 보폭의 간격을 좁히려 애썼고 또 이런 시를 쓰고 싶다는 마음을 품게 되었던 것 같다. 그로부터 약 20여년이 흐른 지금 이 시를 다시 읽으며 나는 과연 시다운 시를 쓰고 있는지, 내 보폭의 길이를 재며 반성하게 된다.

정창준

다시, 봄

버드워칭도 하기 전에 계절은 파하고 가임기의 나무들만이 맑고 투명한 수액을 끌어올려 몸을 뒤틀어 난산하는 숲 속, 축축한 안개 너머로 비릿한 새순을 토해내는 저녁 내내, 젖은 아이들을 데리고 산책을 나섰지. 차고 깊은 허공 속으로 입김을 토해낼 수 없는 아이들이 너울 같은 바람에 육신 없이 일렁거릴 때 꽃샘추위라고, 곧 물러날 거라고 거짓말을 귓전에 대고 속삭여 주었지. 무슨 신음처럼 메어와 사랑한다는 말이 내 귓전에 닿을 때 망각은 죄라고, 눈물이 알리바이가 되어선 안된다고 검은 입술로 너는 답해 주었지.

슬픔은 허용하지만 추모는 금지하는
이세상이 너무 차구나. 구석구석 슬픔이구나.

선실로 덜컥 넘쳐 들어오는 물살을 피해 유리창에 달라붙던 손바닥처럼 지금도 그저, 멀게 멀게 별들이 뜨고 가야할 때를 놓친 새 몇 마리 습하고 오그라든 몸으로 어둠 속에 침몰하는 나뭇가지를 움켜쥐고 있다. 손닿지 않는 컴컴한 지층 속에서 점점 화석이 되어가는 유골들처럼.

흡혈귀의 시간

나는 밤을 편애해, 낮은 모르는 편이 차라리 나아. 밝고 환한 내 루마니아의 고성古城, LG25의 간판에 불이 들어오는 시간 동안 나는 일어나지. 당신과 나 사이의 말들은 바코드 인식기를 통해서 번역될 뿐 어떤 소통도 필요가 없어. 그것이 우리가 평화롭게 공존할 수 있는 이유, 밤이 깊을수록 술에 취해 흉폭해져 가슴을 풀어 헤친 늑대인간과 미처 인간이 되지 못한 구미호가 번진 루즈 자국처럼, 핸드백 속의 헝클어진 화장품처럼 루즈해져 이곳으로 모여들고, 망토 대신 걸친 내 조끼에 토사물이나 라면 국물이 튀기도 하지만 당신들에게 나는 루저, 피를 빨 듯 웅크려 걸레질을 하지.

　그러나 위기의 순간도 있어. 십자가나 마늘 대신 칼을 든 야성의 인간이 뛰어들기도 하지만, 그들이 원하는 것만 전해주면 그 뿐, 조숙한 소년들에게 모른 척 미성년자판매불가 상품을 내밀 듯이, 그 뿐이지. 사실 나는 아무 것도 지킬 수 없지만 간판에 불이 꺼지는 일은 없지. 12시가 넘어가면 인간이 먹지 못하는 것만 허용된 내 몸은 유통기한이 갓 지난 삼각김밥과 샌드위치와 우유를 골라 감사한 마음으로 섭취하지. 사랑은 끼리끼리 하는 거라 설렐 일은 내게 없고* 가끔 소녀들이 번호를 물어오면 그저 웃음으로 대답하고 말지. 비겁한 남자친구 때문에 콘돔을 훔치던 소녀를 잡은 날은 나도 연애할 수 있을 것 같았지만 당신들에게 있는 낮이 내게는 없지.

두 다리로 뛰어다닐 일이 없는 나는, 새벽이 되면 천천히 집으로 돌아가 암막 커튼을 치고 자리에 눕지. 당신들이 일어나는 시간에 햇빛을 피해 잠들어야 하지. 술도 마시지 않았지만 숙취해소제가 필요한 아침, 봉지가 뜯겨진 웨하스처럼 습기에 약한 내 몸은 쉽게 눅눅해지고 슬픔이 찾아오기 전에 수면제를 삼키고 관 속으로 몸을 밀어 넣지. 두 다리를 나란히 접은 채. 마치 시력을 잃은 박쥐처럼.

* 혁오밴드의 노래 〈위잉위잉〉 중에서

나의 아내, 소냐

변두리 식당의 식탁 위 구겨진 스포츠신문의 하단 광고에서 너를 처음 만났다. 너의 프로필을 만났다. 소냐. 먼 소비에트에 쏟아지는 눈발 같은 이름, 지방 소도시의 외곽에서나 만날 수 있는 흔한 러시아댄서의 이름. 소냐. 너는 시베리아를 횡단하는 대신 택배사를 통해 나에게 배송되었다. 인간이 매파媒婆 구실을 하며 월하의 인연을 소개하던 시대는 확실히 지났다. 그러나 카드 결제가 필요하다는 사실은 일반적인 결혼과 다르지 않다.

누추한 내 방에 들어오고 싶어 하는 여자는 없었으므로 너는 내게 선택되었다. 내가 선택할 수 있는 여자는 없었으므로 너는 내게 선택되었다. 소냐. 내 방문을 조심스레 두드리고 얌

전히 헛기침을 하며 걸어 들어오는 대신 박스에 담겨 상품명도 지워진 채 택배로 배송된 여자, 어떤 이는 모조 성기만을 구입한다지만 성교 후 기댈 몸과 기억할 얼굴이 없는 잠자리는 얼마나 무의미한가.

누구일까, 네 몸에 인간의 피부를 본뜬 합성수지를 덮어주고 너의 상품명을 지어준 자는, 어쩌면 그는 금발의 명기 백마라고 이름 붙이고 싶었던 것이 아니었을까. 소냐. 어쨌든 아무도 떨리는 손을 애써 감추며 나지막하게 네 이름을 호명하지는 않을 테니까. 너는 그저 연애의 최종적인 행위에 발 빠르게 다가설 수 있도록 만들어진 공기인형, 조심스러움과 배려가 거세된 연애가 주는 편리함이 목적일 뿐인 어덜트 토이. 소냐.

소냐. 너의 몸을 부풀릴 수 있는 것은 오직 내 끈적한 욕망의 숨결, 어떠한 체위도 거부하지 않고 오직 내 몸에만 충실하게 반응하는 너는 요부, 술에 취한 채 몸을 밀어 넣어도 야간 잔업을 마치고 땀에 절은 몸을 비벼대도 한결같이 받아주는 나만의 비밀스러운 안식, 연봉도 출신학교도 자동차도 묻지 않는, 종일 벽장에서 나를 기다리는 너는 현모양처. 그러나, 너는 걸그룹의 멤버거나, 거래처의 여직원, 고교 시절의 음악선생님 혹은 앞섶이 허술한 옆집 여자. 내 상상만을 육체로 입고 있는 여자, 그래서 한 번도 네 이름으로 불린 적이 없는 여자. 소냐가 아니어서 나의 여자인 여자, 소냐.

루시드 드림 2

- 붉은 꿈

내가 아닌 나를 꿈꾸는 낮잠 속에서도, 한숨이 새어 나온다.
푸른 색과 붉은 색이 한 몸이 되어 뒤엉킨 채.
그러나 다행히 마음 속 당신은 오래도록 무사하였다.

자, 오늘은 꿈꾸던 아름다움을 불러낼 차례야. 당신을 불쑥
불러내 키스하던 4월의 벚꽃 나무 아래, 노란 은행잎을 떨어지
게 할까. 그날의 스파게티는 유달리 매웠지. 당신의 숨결 속에
서 토마토소스의 시고 뜨끈한 냄새가 새어나왔어. 우리는 왜
그 때 할 말이 그다지 없어서 숨결만 섞고 있었던 걸까. 은행
열매는 딸기향, 그녀의 입술에서 나던 먼 냄새, 그날 내가 말없
이 꽃가지만 뚝뚝 부러뜨려서 멀어진 당신의 걸음이 남긴 발
자국만 지켜보게 된 걸까. 상투적이지만, 장미는 당신의 다른

이름이야. 스테인레스로 된 줄기와 대궁 위에 꽃송이를 달고 꼿꼿하게 서서 녹슬지 않을 거야. 내가 찔린 것은 순수하게 나의 잘못이지. 그러나 피는 왜 금세 굳어버리는 걸까. 굳지 않는 피는 붉은 장미 보다 아름답기 때문일까. 그렇다고 당신이 예쁘지 않은 것은 아니야. 여전히 나는 꿈 속에서도 안간힘을 다해 당신의 무사함을 빌고 있어. 내 손바닥이 붉어서 당신의 흰 손이 유독 더 희게 보였지. 그러나 나는 왜 자꾸 약해지고 더 붉어지기만 하는 걸까. 빨간 아령*이 열매로 열리는 토마토밭을 뒤져 꿈 속에서도 나는 붉은 손으로 아령을 들고 있어.

거기 당신, 보고 있어?

클라인씨의 병瓶

어머니, 유리병의 바깥에 응결되는 결로는 결국 안에서 만들어 낸 것을 왜 미리 말하지 않았나요. 바깥에서 맺혀 흐르는 울음이 사실은 내부에서 비롯된다는 것을.

어이, 목덜미가 새하얗고 예쁜 아가씨, 어때, 오늘 하룻밤 함께 보내는게. 그러나 이 병 속으로 들어 오려고는 하지 마. 유리구두를 벗은 신데렐라의 최후에 대해 당신은 듣게 될 지도 몰라. 재투성이를 벗어난 엘라가 이미 먼저 들어와 살고 있지. 불행을 벗어난다고 해서 모든 불행으로부터 해방되는 것은 아니라구. 아무도 들려준 적 없는 끔찍한 결말을 내가 들려주게 될지도 몰라. 당신이 살고 있는 디즈니의 세계에서 벗어나 이 곳에 들어온다면 들어오자 마자 빠져나갈 길만 찾다가 155

결국 내 엄마 같은 노파가 될지 몰라. 내 어머니 같은, 마귀할 멈 같은. 이곳의 완력이란 실로 무지막지하지. 극장 바깥의 건조한 대기처럼 모조리 그 속살까지 까발려버리지.

이 곳을 나가기 위해서는 내부로 깊이 들어가는 방법 밖에는 없어. 어쩌면 그럴 용기도 없어 내부로 향한 입구에 매달린 채 평생을 살아가야 할지도 몰라. 흘러 넘쳐도 결국 되돌아와야 하는 곳이라는 걸 아무도 알려주지 않을테니. 물론 알려줘도 어쩔 수 없을테지만.

그러나 어머니 당신은 왜 이곳으로 나를 쏟아낸 걸까요. 어스름 보다 한 발 늦게 울려 퍼지던 당신의 목소리와 무릎이 헤진 바지, 발목을 드러낸 채 집으로 향하던 더러워진 신발. 사포 같은 손을 쓸어내려 내 몸을 더듬어주던 아버지는 빚도 재산이라는 낙천적 믿음을 심어주셨죠. 어머니 당신은 왜 그렇게 서툴렀을까요. 사람들이 나더러 장남이라 그런지 어딘가 어둡대요. 사실 말수도 적고 조심스럽죠. 당신이 빠져나가지 못하면 나 역시 빠져나갈 수 없죠. 연좌제는 차라리 나았어. 아버지의 고엽제후유증처럼 다시 온 몸이 붉어지고 있어요.

벗어나기 위해서는 안으로 들어와야 한다. 그러나 안으로 들어온 자는 절대 빠져나갈 수 없다. 월남전에서 아버지가 난사하던 M60의 탄피처럼 후두둑, 저는 뜨거운 몸을 헐떡거리죠. 이럴 바엔 차라리 라이따이한이라도 될 걸 그랬어요. 습기에 바랜 사진 한 장으로 아버지를 그리며 습기가 닥치는 대로 올라 붙어 울컥이는 근육이라도 키울 걸 그랬어요.

그러나 지금은 마치 내가 라이따이한이라도 된 것처럼 내부의 후텁지근한 습도를 건디고 있어요. 채무보증의 기한이 끝날 때까지 증발의 시간을 기다리고 있어요.

천정호에서 - 나희덕

얼어붙은 호수는 아무것도 비추지 않는다
불빛도 산 그림자도 잃어버렸다
제 단단함의 서슬만이 빛나고 있을 뿐
아무것도 아무것도 품지않는다
헛되이 던진 돌멩이들,
새떼 대신 메아리만 쩡 쩡 날아오른다

네 이름을 부르는 일이 그러했다

이것은 사랑에 관한 시다. 그리고 이것은 이별조차 할 수 없
는 감추어진 사랑에 대한 시다. 얼어붙은 호수는 아마 천 번을
녹고 다시 얼어도 돌팔매질을 기억할 수 없을 것이다. 아니, 돌

팔매질 이전의 망설임과 주저함을 이해할 수 없을 것이다.

한 때 나는 어리석게도 "얼어붙은 호수" 같은 삶을 꿈꾸었다. 내 "단단함의 서슬"에 지레 겁먹어 아무도 돌멩이를 던지지 않기를 어떤 파문도 만들지 않기를 진심으로 바랐다. 그러나 그런 일은 불가능해서 나는 자주 휘둘렸고 작은 나뭇잎 하나에도 혼자 끝없이 멀어지는 파문을 만들곤 했다. 그건 내가 할 수 있는 일이 아니라 대기와 계절이 하는 일이었다. 그러나 나는 한 번도 얼어붙은 호수에 돌을 던져본 일이 없다. 내 사랑을 헛되이 울리게 내버려둔 일이 없다. 지금은 그것이 부끄럽다. 청춘에 몹쓸 짓을 했다는 생각이 든다.

인정옥 작가가 집필한 드라마 중 〈네 멋대로 해라〉는 내가 가장 사랑하는 서사물 중 하나다. 그 속에 등장하는 인물들은 하나같이 눈물겹지만 누구보다 씩씩하고 꿋꿋하게 사랑을 지켜 나간다. 치어리더 '미래'는 소매치기 '고복수'를 사랑하지만 '고복수'는 인디밴드의 키보디스트 '전경'과 사랑을 키워 나간다. 뇌종양으로 언제 죽을지 모르는 상황에서 '복수'는 이름과는 달리 죽음 전에 많은 사람들과 화해하고 관계를 아름답게 정리하고 이 과정을 송두리째 '전경'과 함께 한다. 사랑을 하면서 이들은 더욱 용감해지고 결연히 맺어지며 죽음에 대한 두려움도 없이 결혼한다. 종양으로 인한 통증이 극심해지거나 의식을 잃으면 팔뚝에 주사를 놓아주며 아무 슬픔없이 우리 신랑 잘생겼다라고 말하는, 그저 사랑만 하는 '전경'의 모습과 스스로 마음 속 상처를 다독거리며 죽음을 수용하는 '복수'의 모습. 이들의 사랑에는 얼어붙음도 돌팔매도 헛됨도 없다.

전혀 닮지 않은 이 시와 드라마 사이에 내 사랑이 있었다. 설레고, 설레고, 설레고 행복하다가 결국에는 소소하게 상처받고 질투하고 불신하고 자책하던 날들과 이별. 나는 살아 있고 시와 드라마는 살아 있지 않지만 오히려 이들이 나보다 더 생생하게 잘 살아있다. 그 살아있음을 나는 사랑한다.

영화 〈가장 따뜻한 색 블루〉에서 '엠마'와 헤어진 후 '아델'이 울면서 매달리는 장면을 보면서도 나는 이 시를 잠시 떠올렸다. 그런 면에서 이 시는 어쩌면 너무나도 조심스러워 감히 뛰어들지 못하는 모든 가련한 첫사랑에 대한, 혹은 변심한 애인을 여전히 사랑하는 못난 연인들을 위한 시일지도 모른다. 물론 내 얘기는 아니다.

나는 사람의 얼굴을 기억하는 일에 서툴다. 인간이 수평적으로 맺을 수 있는 정서적 관계의 총량은 150명 이내라고 한다. 나의 경우, 150명을 넘어서면 컴퓨터 하드디스크의 섹터처럼 한 부분씩 사라지는 것 같다. 처음 이 시를 읽을 때 나는 나희덕 시인을 소설가 한강의 얼굴로 착각하고 있었다. 가끔씩 나는 한강의 얼굴을 떠올리며 나희덕의 시를 읽었던 것이다. 지금 생각해도 단편선 표지에 실린 한강의 흑백 사진과 이 시는 썩 잘 어울린다.

·
강
영
준
·

문학평론가. 2010년 《시와반시》로 등단. 평론집으로 《상징과 숭고》가 있음.

초월적 상상력과 타자의 언어

김성춘 - 詩, 如無言의 세계

시와 언어는 이질적이다. 언어의 본질이 대상을 지시하고 의사소통을 가능하게 하며 개념들을 획정하는 데에 있는 반면, 시는 지시적인 의미와 일상적인 의사소통을 뛰어넘어 획정된 개념세계를 어지럽히고 기존 언어에 대한 성찰과 반성을 수행하면서 초월을 지향한다. 김성춘은 이러한 시의 속성을 완숙한 시어를 통해 형상화하고 있다.

달은 어느 날 또 나에게 질문했습니다
"詩란 무엇인가"
나는 또 달에게
대답도 아닌 대답을 합니다

詩 是

"詩 즉 詩, 如 無言"

달은 아무 말도 하지 않았습니다.

- 김성춘, 〈법문 1, 여름 - 동궁 월지에서〉 부분

　신라 때 지증선사와 헌강왕이 '달'을 두고서 '是卽是, 如無言'이라고 문답한 내용을 활용한 이 작품에서 김성춘은 '詩는 無言'이라고 자신 있게 말한다. 달이 無言의 속성을 지닌 것처럼 詩도 無言의 세계에 속해 있다고 본 것이다. 작품 속에서 "~무엇입니까?"라는 질문은 대상의 지시적인 의미, 개념적인 의미를 확인하고 그 대상의 경계를 구획해 달라는 일상적인 요구에 해당한다. 그러나 그 대상이 초월적인 것이라면 그것은 일상의 언어를 통해서 지시될 수 없고 경계 지워질 수 없다. 아무리 언어로 규정지으려 해도 언제나 규정을 일탈하기 때문이다. 지금처럼 자연과학이 발달하지 않고 달을 물리적으로 관측할 수 없던 시절, 그것은 초월적 대상임에 분명하다. 이는 그어떤 기표로도 달의 본질을 잡아낼 수 없고, 신화라든가 전설이 달을 현실에 속하지 않는 초월적 존재로 그려내었기 때문이다. 마찬가지로 시의 언어는 일상 세계에서 규정한 의미들이 그대로 쓰이지 않는다. 일상의 언어로 포획하려 할 때, 시는

규정을 미끄러지듯이 빠져나간다. 이처럼 달과 시는 초월적이라는 점에서 그 본질이 같다.

초월적 존재와 맞닥뜨렸을 때, 개념 세계 속에 살아가는 주체는 흔들릴 수밖에 없다. 금동반가사유상 앞에서의 주체를 보라. 그는 맑고 청순한 초월적 존재를 두고 스스로를 비춰본다. 그리고는 초월적 존재의 관능미에 마음이 흔들리기도 하고, 일상 속에서 잊어왔던 모성을 떠올리기도 한다. 그러고 보면 어머니는 언어로 규정할 수 없는 또 다른 초월적 존재다. 오리 수련법에서 보듯이 모성은 도달할 수 없는 초월적 영역에 속해 있다. 다시 앞의 시, 금동반가사유상 앞에서 주체는 자신의 일상적 삶을 성찰하면서 '달'과 '어머니' 같은 존재가 '아득한 길 위에' 초월해 있음을 깨닫는다. 규정된 세계가 진실한 것이 아님을, 온갖 일상의 언어로 진실이 은폐되어 있음을 깨닫는다. 이제 주체는 일상적이고 경험적인 세계가 아니라 존재의 초월적인 면을 보고자 한다. 〈나무와 돌〉에서 주체는 일상적인 대상이 아니라 초월적 존재에 주목한다. '나무 뒤의 나무', '숲 뒤의 숲', '구름과 구름 사이', '나무와 나무 사이'에 존재하는 '떨고 있는 저 푸른 공간'을 인식하려 한다. 물론 초월적 공간인 '푸른 공간'이 현실의 주체에게 잘 보이지 않는 것은 당연하다.

주체는 '푸른 공간'을 보기 위해 모든 일상적 대상에 대해 스스로 지니고 있던 개념들을 반성적으로 성찰한다. 나무도 나의 거울이 되고 돌도 구름도 개도 나의 거울이 된다. 그렇게 하나 하나 자신이 이루어놓은 개념 세계에 대한 성찰을 추구하다보면 숲 뒤의 숲을 보고 스스로 초월적 존재에 이르는 가능성을 언젠가 얻게 될 것이다. 일상의 대상 하나하나를 사원이라고 생각하며 받아들이는 〈파초寺〉는 이런 점에서 주체가 경험 세계를 벗어나 초월을 꿈꾸며 수련하는 모습을 잘 보여주고 있다.

권기만 - 초월을 통해 사랑을 경험하다

김성춘이 일상 속에서 초월적 존재들을 조우하거나 발견했던 것과 달리 권기만의 전략은 시공간적인 팽창을 통해 초월을 수행하고 있다. 그는 초월을 통해서 어떤 비의秘意라든가 경지를 궁구한다기보다 존재들 사이의 만남을 추구한다. 그리고 그것들의 만남이 지닌 가치를 의미적으로 팽창시키고자 한다.

속도가 빛을 넘어선 거리만큼 젊어진다는 가설
구상성단에 이르면 가속은 무아지경에 든다
빛 속에 떼지어 몰려다니는 물고기들
자장의 원근법으로 축조한 모자 성운으로 거슬러

간다 속도에 내장된 빛에 태초를 향해 돋아난
물갈퀴가 있다 빛을 초월할 때 비물질화된 속력
우리가 꿈꾸는 건 비물질이 남아 있기 때문
블랙홀 속으로 빨려 들어가면 탁구공만 해지는
지구, 웜홀을 넘나드는 장치가 개발된 뒤
우주선이 된 공간이동, 10^{-32}초 이전으로 가면
완두콩만 해지는 우주, 물질팽창상수를 대입하면
미래의 인간을 만날 수 있다.

- 권기만, 〈환어족〉

'지금, 여기'에 대한 초월은 결국 '미래의 인간'과의 조우를 향한다. 권기만이 연작으로 시도한 〈스타게이트2〉도 초월에 대한 문을 형상화한 것으로 읽힌다. '언제 완성될지 모르지만 불안정한 미래 좌표가 가장 확실한 좌표'라고 자신 있게 말하는 것은 초월적 존재가 되어 미래의 인간과 조우하려는 강력한 의지가 존재하기 때문일 것이다.

그런데 흥미로운 것은 권기만의 시에서 그려진 '미래의 인간'이란 역설적이게도 아주 오래전 인간과 크게 다르지 않다. 미래의 인간이 오래전 인간과 크게 다르지 않는 것은 텍스트 안의 시공간이 직선적인 시간 개념에서 벗어나 순환론적 시공

간을 담고 있기 때문에 가능하다. 그가 조우한 미래의 인간이란 다름 아닌 '어머니'에 가깝다. "꿈이 기억해 낸 몸짓을 옹알이 하듯 / 잠에서 깨면 초시공을 돌아 돌아온 여자 앞." 그 여자가 어머니라는 것을 확인하는 것은 그리 어렵지 않다. 나머지 작품들 속에서 주요하게 등장하는 인물이 모두 어머니이기 때문이다. 먼저 〈달탄 왕자〉 속에서 시의 주체는 미래의 왕으로 그려져 있지만 그 미래의 왕은 오직 '어머니만을 헌신적으로 흠모해야 하는 불운한 왕자'에 불과했다. 〈스타게이트2〉에서도 "때가 오면 지구에 가서 어머니를 만날 것이다"라는 구절이 있는데, 이는 궁극적인 미래의 인간으로 어머니를 설정하고 있음을 방증한다. 〈중력X〉에서도 어머니에 대한 그리움과 열망은 그대로 이어진다. 김성춘의 시에서 그러했듯이 권기만의 시에서도 어머니는 초월적 영역에 존재하면서 주체에게 강한 그리움을 불러일으키는 심리적 기제로서 작용하고 있는 것이다. 쥐라기에서 온 여자는 제목처럼 미래에서 온 것이 아니라 오랜 과거로부터 온 여자의 모습을 그려내는데 이는 결국 어머니의 다른 이름으로 해석할 수 있다.

어머니라는 기표는 주체가 사회화되면서 과거의 기억 속으로 쫓아낸 존재다. 일상 속에 어머니는 자리를 잡기 어렵고, 일상의 법은 어머니와 대치를 이룬다. 주체가 모성에 대한 경험

속에서 사랑의 정서를 확인하고자 한다면 일상의 경계를 초월할 때라야 가능할 것이다. 사랑이란 단순히 시공간적 초월이 아니라 전우주적인 초월적 과정을 겪을 때 얻어지는 것은 아닐까.

강봉덕 - 억눌린 주체의 고통

강봉덕의 시에서 시의 주체들은 중심으로부터, 혹은 현실로부터 유폐되거나 억눌린 존재들이다. 현실에서 주체는 구조에 길들여지거나 구조로부터 자유로운 초월적 존재를 지향할 수 있다. 이를테면 앞서 살펴본 김성춘의 경우 구조로부터의 초월을 지향한다고 할 수 있다. 이에 비해 강봉덕은 초월을 지향하는 대신 구조에 적응하는 주체가 겪는 고통과 아픔을 시적으로 표현한다. 아래 시 〈슬픈 예감〉의 경우 주체는 '당신'이라는 대타자에게 적응하기 위해 스스로를 억누르고 있다. 그 까닭은 당신으로 대표되는 대타자는 시적 주체 그 당사자에게 관심이 있기보다 주체의 캄캄한 배경을 더 궁금하게 여기는 존재이기 때문이다. 따라서 대타자는 그 존재만으로 주체에게는 억압으로 작용한다.

사각의 공간에 놓여있어요 내 취향을 네모로 만들고 둥근 얼굴은 사각을 고집했어요 나를 지우는데 오래 걸리지 않았어

요 당신이 만들어 놓은 공간에 알맞게 고쳐 놓았거든요 자꾸
만 찾아오는 두통, 내 안쪽은 쓸쓸히 빛나요 아침을 좋아하는
난 이미 정해진 길을 싫어해요 그럴수록 더 멀리 흘러간다는
걸 알아요.

- 강봉덕, 〈슬픈 예감〉 부분

시의 주체는 대타자인 당신이 만들어 놓은 공간에 자신을
알맞게 고쳐 놓는다. 주체는 본래 둥근 얼굴이었지만 스스로
의 취향을 네모로 만들었다고 고백한다. 그러나 그렇다고 해
서 주체가 당신이라는 대타자에 수렴되는 것은 아니다. 오히
려 주체는 대타자로부터 더 멀리 다른 곳으로 흘러갈 뿐이다.
한편으로 주체는 두통을 호소하는 등 고통이 켜켜이 쌓여만
간다. 〈별〉에서도 이런 상황은 반복된다. 작품 속에서 주체인
'별'은 어둠 속에서 태어나 스스로 자신의 존재를 억압한다.
'동에서 서로 옮겨가는 동안 발목이 꺾이며 어두워지면서 '자
기로부터 멀어져 갔다는 구절은 이를 방증한다. 이처럼 스스
로를 고통 속에 몰아넣거나 억압하는 까닭은 작품 속에 명백
히 제시되지는 않았지만 〈슬픈 예감〉과 같이 대타자의 부름에
응하려 했기 때문일 것이다. '오래된 통증이 하늘에 걸려 있었
다' 든가, '둥글어지는 일이 사라져가는' 일이라는 구절 등은

주체가 중심과 대타자에 의해 억압당하는 모습을 반복적으로 형상화한 것으로 보인다.

대타자, 혹은 중심을 향한 부질없는 주체의 고통은 〈먼, 곳〉에서 더욱 확연하게 드러난다. 제목에서 암시하듯이 주체가 도달하려 해도 도달할 수 없는 〈먼, 곳〉은 중심의 다른 이름이다. 그러나 주체는 이곳에 결코 이르지 못한다. 주체는 단지 '절룩거리는 희망'을 품고 '기형의 몸짓'을 취할 수 있을 뿐이다. 〈감은사지석탑에서〉도 두 석탑 사이의 팽팽한 긴장, 혹은 흔들리지 않는 중심에 도달하지 못한 채 탑 주위를 돌고 있는 '중심에서 떠나간 사람들'이 등장한다. 그들은 탑이라는 상징, 혹은 대타자에는 수렴되지 못한 채 그저 주위만 맴돌 뿐이다. 이렇게 보면 강봉덕이 구현하려는 시적 메시지는 중심에 수렴되지 못한 채 타자화 되어 현실을 부유하는 고통스러운 개인에 대한 절실한 위로임에 분명하다.

권영해 - 상처를 어루만지는 혀

권영해의 시에는 현실에 대한 비판적인 메시지가 들어있다. '궤변'이라든가 '없는 것이 많은 나라'에는 시인의 시선을 통해 바라본 현실 사회의 문제들이 노출되어 있다. 먼저 궤변은 '교활'과 '낭패'라는 말의 한자성어가 지닌 의미를 활용하여 메시

지를 전달하고 있는데 이익만을 추구하는 세태에 대한 풍자의
식이 엿보인다. 특히 끝 부분에서 "그렇다 / 남이야 죽든 말든
아랑곳 않고 비루한 이득만을 도모하는 교활들이 버젓이 세상을
활보하고 있으니 이것이 바로 낭패가 아니고 무엇이겠는가?" 라
는 극히 평범한 표현을 통해 야비한 자들이 팽배한 현실의 당연
한(?) 부조리를 걱정스럽게 바라보는 시인의 노파심을 도리어
제목 '궤변'으로 꼬집는 역설적 기법을 사용하고 있다.

　두번째 작품에서는 '영혼 없는' 현대인, 이를테면 진실성이
소거된 삶에 대한 신랄한 비판의식을 담고 있다.

　이 두 작품은 현실 사회에 대한 핍진한 이해라기보다 보편
적인 인간 현상에 대한 내용이어서 아쉬움이 남지만 이런 아
쉬움은 〈지그시 어루만지다〉와 〈슬도瑟島 관람법〉에서 어느
정도 극복되고 있다.

여기,

쇄항증鎖肛症으로

항문이 막힌 채 태어나

외양간 바닥에 쓰러져

괴로워하는 송아지를

측은히 바라보다가

혀를 내밀어 핥아주는
어미소가 있다

기어코 단맛쓴맛 분간해 내는
깐깐한 혀도
조롱거리가 있거나
비아냥대고 싶을 때
한번 버젓이 내밀어 보일 테지만
절실한 누군가에겐
상처를 어루만져 주는
뜨거움이 되기도 하는구나

- 권영해, 〈지그시 어루만지다〉

이 시는 보편적이고 추상적인 경험들을 구체적으로 형상화
하는 데에 성공하고 있다. 작품 속에서 쇄항증으로 고생하는
약자를 어미소가 혀를 이용하여 어루만져 주고 있다. 여기서
'혀'는 이중적인 대상이다. 누군가를 조롱거리로 만들거나 비
아냥거릴 수 있기도 하고 상처를 어루만져 주는 뜨거운 존재
가 될 수도 있기 때문이다. 시인은 상처를 어루만지는 뜨거움
이야말로 현대사회에서 절실하게 요구되고 있는 가치이지 않

은가 표현하고자 했던 것 같다. 상처에 대한 공감이 어느 때보다 다 필요한 현실에서 이 시는 결코 가볍게 읽혀지지 않는다. 다음으로 〈슬도瑟島 관람법〉은 소통에 대한 요구가 나타난다. 아름다운 슬도의 모습을 관람하려면 온갖 감각의 깨우침이 있어야 하며, 그것들이 갖춰질 때라야 비로소 온전하게 타자와 공감할 수 있음이 작품을 통해 제시되고 있다. 최근 우리 시들이 지나치게 숭고하거나 언어유희적 상상력에 빠지는 것을 감안해본다면, 권영해의 시들은 현실에 기대어 창작되고 있다는 점에서 주목을 요한다고 할 것이다.

권주열 - 타자들을 소환하는 상상력

시의 언어가 일상의 질서와 이질적이라면 그것은 일상의 기표와 기의의 결합이 시 안에서는 더 이상 의미를 생산해내지 못하기 때문일 것이다. 일상에서 기표와 기의는 의사소통이라는 목적 하에 견고한 결합을 유지한다. 그러나 시는 이런 결합들을 때로는 유쾌하게 거스르거나, 혹은 기표와 기의 사이에 존재할 수 있는 또 다른 가능성들을 제시함으로써 일상적인 기표와 기의의 결합을 뒤흔들어 놓는다. 그런 까닭에 일상적인 사물과 기호들은 시 텍스트 안에 들어와 그간 갇혀 왔던 의미의 사슬에서 벗어나 다채롭게 변주된다. 권주열의 시에는 다채롭게 변주되는 사물과 기호들의 모습을 어렵지 않게 확인할 수 있다.

목 맨 친구의 두 다리가 흔들흔들 떠오르다가 사라진다. 구름이 끈을 가린다. 기다란 끈은 언제나 구름 속에서 나온다. 창밖으로 하염없이 풀어지는 끈, 축 늘어진 다리가 풀린다. 풀린 다리 출렁이며 치킨 점 의자에 앉아 닭다리 뜯다가, 다리 저는 다리를 슬쩍 내려 보다가, 소와 돼지 다리만 걸린 식육점을 생각하다가, 입에 들어간 닭다리처럼, 오랫동안 불편한 다리 되어준 친구의 다리, 다리를 씹는다. 씹으며, 구름 대신 여전히 투명한 밧줄을 걸고 창밖으로 떠다니는 우산, 다리들이 녹고 있다.

- 권주열, 〈수평선 치킨〉

위의 시는 아무런 연관성 없는 기표들이 느슨한 사슬로 엮여져 있다. 이 작품에서 현실과 관련지어 시인의 지향을 찾는 일은 부질없어 보인다. 우선 작품 속에서 주체는 수평선을 바라보고 있다. 그런데 문득 목을 맨 친구의 두 다리가 떠오른다. 그런데 그 모습이 마치 끈처럼 느껴지고 그 끈의 형태가 구름 속에서 나오는 빗줄기처럼 그려지고 있다. 그리하여 끈이자, 빗줄기이자, 풀린 다리는 하염없이 출렁거린다. 그러자 주체

는 자신이 지금 씹고 있는 다리가 친구의 다리인 것만 같은 느
낌이 든다. 이때 창밖으로는 온통 우산들이 투명한 밧줄, 곧 빗
줄기를 걸고 떠다니고 있다. 빗줄기를 피하기 위한 우산이 아
니라 우산을 매달기 위한 빗줄기로 일상적인 시선이 전복되어
있다. 이와 같은 텍스트에서 주체의 일관된 정서라든가 감정
을 찾아보기란 요원하다. 목 맨 친구에 대한 애틋함도 없고 아
쉬움도 전혀 느껴지지 않는다.

　이 시에서 확인할 수 있는 것은 오로지 수직적인 존재들이
다. 다리, 비, 우산, 끈, 밧줄 등 수직적 성질을 지닌 것들이 한
데 엮여 있다. '수직'이라는 코드로 수렴될 수 있는 온갖 기표
들이 모여 있는 셈이다. 일상 속에서 연결될 수 없는 기표의 고
리들이 텍스트 안에서 통합을 이루고 있다. 〈우산〉에서 나타
난 상상력도 유사하다. "우산의 높이에 비의 길이가 접속된다"
라거나 "비는 우산의 가능성"이라는 표현은 우산이 비에 종속
된 기표가 아니라 오히려 우산이 중심이 되고 비는 주변이 되는
기표의 전복이 이루어지고 있다. 기표들이 일상적 의미의 사슬
로부터 벗어나 독자적인 의미의 주체로 거듭나고 있는 것이다.

　〈사물연습Ⅴ〉, 〈저문 꽃들〉과 같은 작품도 유사한 독해가
요구된다. 첫 작품의 경우, "냄비가 이상하다, 모든 냄비의 속
성에 대해 말하는 게 아니다"라고 시작하면서 냄비의 일상적

의미들을 무화시키고 있다. 그러면서 오히려 '냄비'라는 대상이 "내 머리의 기억"을 담을 수도 있는 모자가 아닐까 하는 생각에 이른다. 〈저문 꽃들〉은 "죽은 아버지처럼 말이 부재하며 피어 있다"고 말한다. 저물고 있는 꽃이 쉽게 잊히지 않고 귀처럼 달려 있듯이, 죽은 아버지도 쉽게 잊히지 않고 환하게 주체에게 작용하고 있음을 표현하고 있다. "잊히지 않는" 속성으로 인해 '아버지'와 '말'과 '꽃'이 연결되고 있는 것이다. 일상 속에 배제되어 왔던, 중심이 아닌 타자로서의 기표들을 권주열은 상상력을 통해 부단히 소환하고 통합하고 있다.

김익경 - 과잉된 폭력, 혹은 하드고어의 시적 발현

이미 적지 않은 역사적 시간을 지닌 자본주의는 그 성과만큼이나 온갖 부작용에 시달려 왔다. 자본이라는 목적을 위해 인간 존재를 수단으로 타자화 시키고 공동체적인 가치를 상실하게 했다는 지속적인 비판을 늘 당해온 것이다. 그러나 그 어떤 비판도 자본을 중시하는 이기적 인간 본성을 허물어뜨리기에는 한계가 있었다. 비판마저도 자본화하는 자본주의는 웬만한 자극으로는 자극을 받지 않기에 이른 듯하다. 이런 측면에서 하드고어적인 문화현상은 이중적인 의미를 지닌다. 하드고어는 인간신체에 대한 과도한 폭력을 행사하여 신체가 훼손된 장면들을 여과 없이 보여주는 영화장르인데, 이는 자본주의가 인간, 혹은 인간의 신체마저도 사물화 하여 거래의 대상으로 삼고 있는 사회적 분위기가 자연스럽게 대중문화에 반영된 것이라고 할 수 있다. 하지만 하드고어는 텍스트 일뿐 실제가 아니라는 점에서 그것들이 일종의 자본주의 질서 혹은 사회에 대한 가장 강력하고 충격적인 경고의 메시지로 읽힐 가능성도 존재한다. 김익경의 시는 이점에서 주목을 요한다.

오른팔을 떼어내 믹스기에 넣어요
때론 그것이 발이거나
도마 위의 수평선을 잃어버린 새우였는지도 몰라요
- 김익경, 〈육수 레시피〉 부분

배는 없고 허리만 있는
그녀의 뒤에 서서
척추는 있고 등이 없는 나는

허벅지는 있고 엉덩이가 없는
귀는 없고 달팽이관만 있는
두덩만 있고 털은 없는
- 김익경, 〈오지여행〉 부분

위의 시에서 온전한 신체는 존재하지 않는다. 〈육수 레시피〉는 말 그대로 육수를 내기 위해서 믹스기에 신체를 넣고 갈아내는 내용이다. "칼집을 내줘요" 혹은 "눈알이 수직으로 튀어오르는 시간" 등은 모두 하드고어적 장면들을 쉽게 연상시킨다. "오늘은 맛있는 죽음을 맛볼래요"라는 말은 섬뜩한 느낌마저 준다. 〈오지여행〉에서도 하드고어적 상상력은 이어진다. 형체를 유지할 만한 것들을 찢거나 없애고 유흥을 즐긴다는 이 내용은 물리적인 신체성을 망각할 만큼 여행이 오락적이라는 느낌보다는 신체성이 훼손되고 있음에 더 주목하게 만들고 있다.

〈배후〉에서는 가상의 인물인 '베르테르'가 설정되어 있다. 그는 이른바 '배후의 바이러스'를 추출한다. 배후. 이 말은 주체의 의지는 상실되고 오로지 누군가의 지령에 의해서 인간 행위가 일어나고 있음을 의미한다. 흔히 정신분석학에서 사도-마조히즘은 타인을 자신과 동일시할 때 일어난다. 타인을 자신의 소유물이라고 생각할 때 사디즘이, 자신을 타인에게 속한 사물이라고 생각할 때 마조히즘이 발현한다. '배후'란 곧 누군가가 누군가의 사물이자 소유가 되었음을 의미하는데, 이렇게 보면 〈배후〉라는 시는 일종의 '사도-마조히즘'의 발현이라고 할 수 있다. "네가 나를 끓는 일은 결국, 너의 농간이다"는 구절은 배후에 의해 종속당하고 있는, 자본주의적 질서 속에 주체의 의지를 상실한 현대인에 대한 은유로 읽힌다. 〈귀가〉와 〈신연금술〉에도 주체의 의지와 관계없이 신체가 일종의 배후에 의해 종속당해 있는 광경이 잘 나타나 있다.

이원복 - 타자화된 죽음에 대하여

사회학자 울리히 벡에 의하면 현대사회에서 위험은 그 어디에서나 존재한다. 산업화된 환경에서 위험은 광범위해졌을 뿐아니라 치명적이기까지 한다. 위험이 증가한 만큼 죽음도 과거와는 견줄 수 없을 만큼 예기치 않게 벌어진다. 그러나 현실을 살아가는 존재들은 위험이라든가, 죽음에 대해서 그 어느때보다도 둔감한 채 살아간다. 위험이라든가 죽음을 타자화하여 삶의 영역, 일상의 영역에서 그것을 배제하는 메커니즘이 작동하는 것이다. 현대인에게 죽음은 어디까지나 당신의 죽음일 뿐, 나의 죽음은 아니다.

그렇다면 인간은 어째서 죽음을 타자화 하는 것인가. 그것은 현대사회의 그 어떤 철학이나 사상으로도, 혹은 숭고한 사랑으로도 죽음에 대한 공포를 극복하기가 어렵기 때문이다. 이원복의 〈중환자보호대기실〉은 죽음과 직면하고 있는 사람들의 불안과 두려움을 잘 표현한다. 그는 이 시에서 "순서도 없이 한 줄로 늘어선 불안함"이라는 말로 죽음이 지닌 속성을

제시한다. "지상에 안착하지 못한 인생"을 그 누가 기꺼이 삶
의 일부로 통합할 수 있을까. 오랜 시간 동안 죽음이 타자화되
고 있는 까닭은 바로 이런 연유 때문일 것이다.

　마지막 약속을 지키듯 뭍으로 나온 고래의 뱃속
　숨은 요나의 침묵을 뱉어내듯 마지막 한숨을 내뱉으러 나온
저 고래들
　포유류의 생존 본능을 거스르며 뭍을 선택해야 했던
　고래의 뼈아팠던 굳은 결심을 외면한 채 사람들은
　다시 고래를 밀어내고 있다
　아니 저 바다를 밀어내며 중얼거린다

　돌아가, 괜찮아, 바다가 널 지켜줄거야
- 이원복, 〈스트랜딩〉 부분

　텍스트에 제시된 스트랜딩 현상이란 고래라든가 물개와 같
은 덩치 큰 바다 생물들이 뭍으로 올라와 식음을 전폐한 채 스
스로 죽어가는 현상을 가리킨다. 이 현상에 대해서 과학적으
로 분명하게 밝혀진 사실은 아직은 없다. 그런데 시인은 이 현
상을 소재로 죽음을 타자화하고 있는 현대인의 모습을 그려낸

다. 작품 속에서 고래는 죽음에 대한 은유로 읽힌다. 죽음은 스트랜딩 현상처럼 아무런 이유 없이 인간 세계로 찾아올 수 있다. 산업화 사회의 위험이 도처에 존재하는 것처럼 죽음은 예기치 않게 들이닥칠 수 있다. 그러나 인간들은 이러한 죽음을 타자화한다. 죽음을 받아들이지 않은 채 고래를 다시 바다로 내치려 하는 것이다.

〈부고訃告〉에서도 유사한 태도가 반복적으로 나타난다.

오늘도 무심하게 속도를 내며 지나가는
저 감정 없는 수레바퀴 밑으로
안식하고 있는 앉은뱅이 그림자들
그의 마지막 자리 건너편 현수막이
그의 부음을 계속 알리고 있을 뿐.

시의 맥락을 살펴보면 인간 주체는 교통사고 사망사고가 일어난 자리를 매일 아침 반복해서 지나치고 있다. 그러나 그곳을 지나칠 때, 인간 주체는 무심하게 속도를 내며 지나갈 뿐이다. 그 까닭은 죽음이란 '나'의 죽음이 아니라 '너'의 죽음이기 때문이다. 물론 잠시 속도를 줄이며 고인에 대한 경건함을 표현하기도 하지만 그러한 태도가 죽음이 곧 나의 죽음이 될 수 있다는 자각으로 이어지지는 않는 듯하다.

〈화석化石〉은 소멸해 버린 육교에 대한 아쉬움을 표현한 작품이다. 소멸이라는 점에서 다른 작품과 주제의식이 크게 다르지 않다.

이 작품에서 시인은 소멸이 완전한 소멸은 아니라는 점을 밝히고 있다. '육교가 없는 육교 슈퍼'를 반복적으로 제시하면서 대상이 소멸했어도 그 존재 의미와 가치는 여전히 남아 있음을 애상적으로 표현하고 있다.

정창준 - 클라인씨의 병, 출구 없는 세계

정창준의 시에서 가장 눈길을 끄는 작품은 〈다시, 봄〉이다. "슬픔은 허용하지만 추모는 금지하는 / 이 세상이 너무 차구나, 구석구석 슬픔이구나"라는 구절을 접하면 이 시가 세월호 참사를 소재로 하고 있음이 너무나 명백하게 드러난다. "망각은 죄라고, 눈물이 알리바이가 되어선 안된다"는 구절은 세월호 참사를 이미 잊어가고 있는 현실에 대한 통렬한 성찰로 읽힌다. 이 시에서 보듯이 정창준은 출구가 보이지 않는 세계의 어두운 면을 포착하고 있다.

그러나 어머니 당신은 왜 이곳으로 나를 쏟아낸 걸까요. 어스름보다 한 발 늦게 울려 퍼지던 당신의 목소리와 무릎이 헤진 바지, 발목을 드러낸 채 집으로 향하던 더러워진 신발. 사포 같은 손을 쓸어내려 내 몸을 더듬어주던 아버지는 빛도 재산이라는 낙천적 믿음을 심어주셨죠. 어머니 당신은 왜 그렇게 서툴렀을까요. 사람들이 나더러 장남이라 그런지 어딘가 어둡데요. 사실 말수도 적고 조심스럽죠. 당신이 빠져나가지 못하면 나 역시 빠져나갈 수 없죠. 연좌제는 차라리 나았어. 아버지의 고엽제후유증처럼 다시 온 몸이 붉어지고 있어요.

벗어나기 위해서는 안으로 들어와야 한다. 그러나 안으로 들어온 자는 절대 빠져나갈 수 없다.

— 정창준, 〈클라인씨의 병瓶〉 부분

정창준이 그려낸 세계는 출구 없고 전망이 없는 세계이다. 잘 알려진 대로 클라인씨의 병은 뫼비우스의 띠처럼 안과 밖의 구분이 없는 세계이다. 안으로 들어가려면 밖으로 나가야만 하고, 밖으로 가기 위해서는 안으로 들어가야만 한다. 그러나 그 어떤 방법으로도 이 세계를 나갈 수는 없다. 방법은 "내부로 향하는 입구에 매달린 채 평생을 살아가야 하는 것." 이런 주제 의식은 〈다시, 봄〉에서 계절이 순환하는 동안에도 여전히 "손닿지 않는 컴컴한 지층 속에 화석이 되어가는 유골" 이라는 표현에도 나타난다. 아무리 시간이 경과해도 출구는 주체에게 출구는 여전히 봉쇄되어 있는 것이다.

정창준이 그려내는 디스토피아는 〈흡혈귀의 시간〉, 〈나의 아내, 소냐〉에 보다 구체적으로 그려져 있다. 전자의 경우 24시간 편의점에서 야간 아르바이트를 하고 있는 사람의 삶의 단면이 나타나 있다.

12시가 넘어서 유통기한이 지난 삼각김밥과 샌드위치, 우유를 섭취하고, 새벽이 되어야 잠에 드는 주체는 시의 제목에서 암시하듯이 '흡혈귀'에 다름 아니다. 자본주의 사회에서 주변으로 타자화해 버린 삶이 묘사되어 있는 것이다. 그에게 편의점의 세계는 고성古城처럼 견고하여 탈출구를 찾을 수 없는 디스토피아에 해당한다. 후자의 경우는 더욱 솔직하다. 아내가 생길 가능성이란 전혀 없는 한 존재가 자신의 성욕을 위해 어덜트 토이, 소냐를 구매한다는 설정은 일회적인 쾌락을 추구하는 부정적 존재를 그려내고 있다기보다는 인간의 자연스러운 욕구마저도 사회적으로 거세당한 비극적인 세대를 안타깝게 바라보고 있다고 느껴진다. "야간 작업을 마치고 땀에 절은 몸을 비벼대도 한결같이 받아주는 나만의 비밀스러운 안식, 연봉도 출신학교도 자동차도 묻지 않는, 종일 벽장에서 나를 기다리는 현모양처"라는 구절에서는 클라인 씨의 병처럼 출구를 봉쇄해 버린 세계의 잔인성이 그대로 노출되고 있는 느낌이다.

　지금까지 살펴본 8인 8색의 시들은 저마다 인간과 사회와 언어에 대한 성찰을 보여주고 있다. 경제가 어렵고 인문학을 전공하면 먹고 살기 어렵다고 아우성치는 사회적 분위기 속에서 10여 년이 넘게 순수문학 동인을 유지해왔다는 것은 어쩌면 기적 같은 일인지도 모른다. 그러나 어려움을 겪을 때마다 시란 언제나 변방에 머물러 있었고, 그곳에서 늘 중심에 대한 성찰과 반성을 수행해왔다는 점을 떠올린다면 수요시포럼의 자취가 더욱 의미 있게 느껴질 수 있을 것이다. 더군다나 서울 중심이 아니라 지역에서 이루어내는 성과이니 만큼 그 의미가 더욱 값지다고 본다. 앞으로도 꾸준히 획일적인 중심에 대한 다양한 주변으로서, 의미 있는 타자로서 귀중한 작업이 이루어지길 빈다.